中華二十四節氣詩書

沈鵬題簽

中華二十四節气詩書

赵学敏 编著

人民出版社

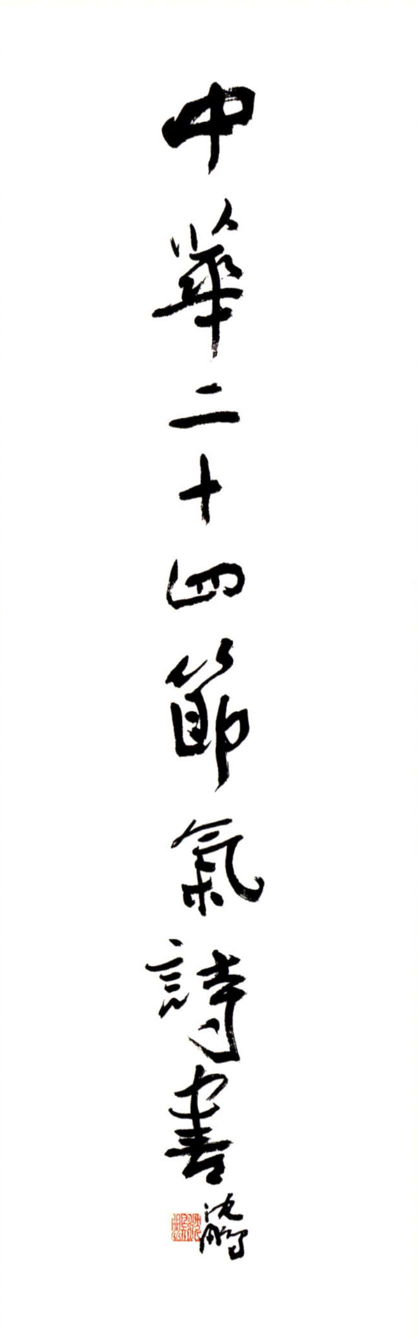

中国书协名誉主席沈鹏题词

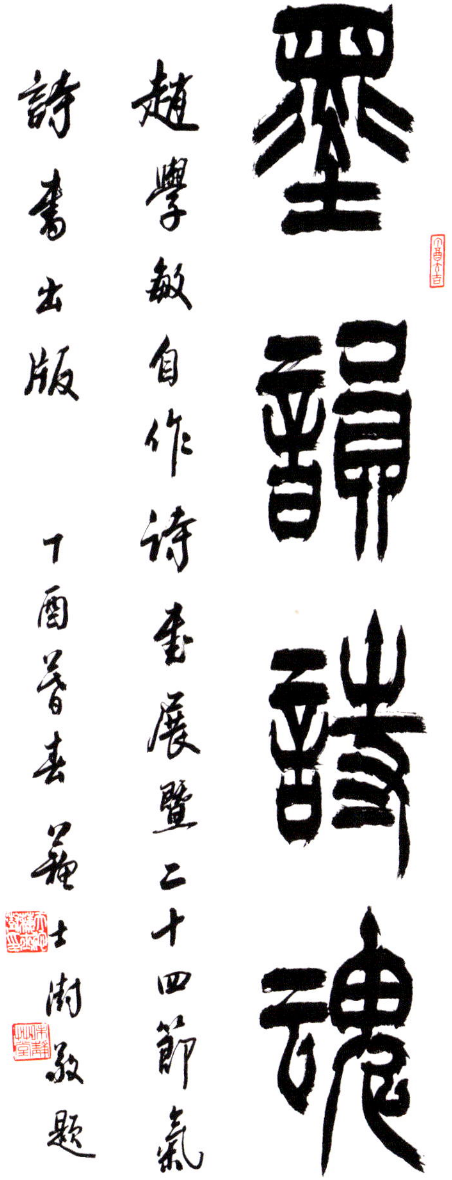

中国书协主席苏士澍题词

2016年11月30日，联合国教科文组织通过审议，批准中国申报的“二十四节气”列入联合国教科文组织人类非物质文化遗产代表作名录！

蹊径独辟　五色交辉

——赵学敏《中华二十四节气诗书》序

蒋力馀

南国孟冬，苍松如盖，枫叶如丹，虽寒气时袭，而觉气爽神清，我们的生活需要诗、需要美，有艺术的滋养心中就充满暖意，对美好的明天充满必胜的信心。近些天来，拜读北国诗人、著名书法家赵学敏先生的宏著《中华二十四节气诗书》样稿，如沐清风，如品佳茗，如饮醇醪，不觉齿颊盈芳，意畅神飘，感受到了高雅艺术的无穷魅力。

这是一部熔艺术性、科学性、知识性于一炉的百科全书式的著作，蹊径独辟，五色交辉。全书以描写二十四节气的诗书艺术为主线，以天文、历法、民俗、养生等知识为副线，以一斑窥全豹的方式展示传统艺术之清新俊雅，农耕文明之浩博幽深，读来对华夏文化的热爱之感、自豪之情油然而生。学敏先生是农民的儿子，从现代书圣于右任的家乡陕西三原走来，在宋平、方毅、舒同等无产阶级革命家的亲切教育之下成长，亲聆謦欬，获益良多。赵先生长期担任省和中央部门的高级领导职务，负责农业和农村工作，对农耕文化、生态科学、天文地理等方面的知识积累甚深，近年来又为促进两岸文化交流做了大量的卓有成效的工作。学敏先生所学专业为汉语言文学，于古典诗词情有独钟，受乡前辈于右任大师的影响对书法的热爱如醉如痴，早年拜于右任的秘书李楚才先生为师，又受著名政治家、书法家方毅、舒同等先生之亲炙，数十年笔耕不辍，广取博采，独铸清辞，形成清刚英迈、纵逸潇洒的独特书风。此书以其独特风格的诗书艺术对二十四节气的物候特征、文化内涵细加描述，并对其起源和相关的天文现象、社会风习、科学养生等方面作了深入系统的阐释，视野开阔，目光深透，将诗意书情、百科知识糅合为一，形成一个立体的审美空间，其高度、深度、广度为笔者所仅见，读来心折不已。

诗为华夏艺术之魂，诗教易教为华夏民族的优良传统。孔子说："不学诗，无以言。""诗可以兴，可以观，可以群，可以怨。"辞章为中华文化之象征，古往今来的政治家、思想家、艺术家往往乃诗人，通过诗的陶冶，使情感雅化，素质提高，智慧开启，思维洞达。旧体诗成熟于宋之问、沈佺期生活的初唐时代，格律精工而千变万化，是为人民大众所喜闻乐见的艺术形式。韩愈说："根深者叶茂，膏沃者光烨。"为艺要下功夫继承传统，遵守艺术的程式是必要的，程式是前人智慧的结晶，本身表达一种很高境界的美，形式有难度，审美才有高度。美学家朱光潜说："一切艺术的学习都须经过征服媒介困难的阶段，不独诗于音律为然。'从心所欲，不逾矩’是一切艺术的成熟境界。”(《诗论》)朱光潜所说的“媒介”是就艺术的形式和深厚的功力而言。继承中华民族的优秀传统，必须先在形式方面取得突破，技法的游刃有余才可能达到抒情的自由，因而学艺必须付出汗血的代价方能登堂入室。学敏先生在繁重的行政事务之余，将诗书艺术作为修身的重要方式孜孜以求，致仕之后，投入更多的精力潜心探索，妻毫子墨，兀兀穷年，其执着精神令人心折。学敏先生不薄现代爱传统，不薄西方爱东方，为学为艺食古能化，推陈出新。他无意做专业诗人，但用功夫钻研诗歌美学，虚心求教，业精于勤，二十四节气诗的创作先后经过二十余年的积累打磨，可谓呕心沥血。

二十四节气是中国古代订立的一种用来指导农事的补充历法，是华夏先民长期经验的积累和智慧的结晶。2016年11月30日，联合国教科文组织通过审议，批准中国申报的“二十四节气”列入联合国教科文组织人类非物质文化遗产代表作名录。在国际上，“二十四节气”被誉为继造纸术、指南针、火药、印刷术之后“中国古代第五大发明”。学敏先生创作二十四节气诗，体现了作者独特的审美目光，丰富的生活阅历，广博的科学知识。一首组诗写了二十余年，字字句句从生活中来、从观察中来、从感悟中来，既简约流丽，清新自然，又准确细腻，情景交融。艺术贵在独创，独创不仅仅是形式，更多的在内容，以工稳清雅的格律诗描述二十四个节气的物候特征、农事活动、社会风习，体现深博的文化内涵，可说前无古人，这无疑是高难度的戛戛独造。

学敏先生的节气诗并非谚语歌诀，而是真正的诗！正如著名美评家周俊杰所说：“学敏先生写的诗，平仄对仗，格律严谨，充满对国家、对人民的爱。”全国政协常委、全国政协书画室副主任、中国文联原副主席覃志刚评《惊蛰》一诗时说：“……对现实生活场景描写得绘声绘色，而且融入了个人的情感，诗文内涵丰富，有唐朝王维诗句意境，诗中有画，画中有诗。”

笔者喜爱其诗作的情景交融、绘景如画：“柳枝绽绿飘绦带，桃萼舒红笑晚风”（《清明》）、“麦海波翻腾碧浪，油花潮涌滚黄金”（《立夏》）；喜爱其观察之细致入微、状物精准：“青蛙跃立绿荷裙，蚯蚓耕田格外勤”（《立夏》）、“旅雁思归急，蛰虫觅隐藏”（《寒露》）；爱其以民为本、系心黎元：“谁让无边金粟灿，万千农友最辛劳！”（《大暑》）、“团圆饺子长寿面，莫忘阳泉寝被寒”（《冬至》）；爱其理趣幽邃、智慧洞达：“落花有爱涵珍果，飞雨无言孕米粮”（《白露》）、“不是冰霜冻，何来蔬果香”（《小雪》）；更爱其想象之飞腾、意境之雄阔：“朔风凛冽拂瑶台，素絮飘飖落九陔。玉女飞天舒广袖，金童起舞荡烟埃。纤纤翠竹和冰袅，朵朵红梅结伴开，玉树琼花新世界，隆冬深处有春来。”（《大雪》）这首诗中，诗人的描写由远及近，从天上飘落的雪花、飘荡的烟雾，到近处挺拔绚丽的翠竹红梅，展现了一幅素絮纷飞、色彩绚丽的雪景图，充满勃勃生机。“瑶台”、“玉女”、“金童”等意象，给人一种仙风缥缈、诡谲瑰丽的美感，全诗既准确状写了节气大雪的时令特征，又把读者带入一种梦幻境界，给人一种迷离仿佛之美，表达了一种昂扬奋进的时代精神。凡此种种，不一而足，散发着泥土的芬芳，闪烁着智慧的灵光。正如中国艺术研究院原院长连辑所言：“赵学敏先生的节气诗，对我国二十四节气这一科学发明，做了文化性的、文学性的梳理和表达，他的诗律非常严谨，有很强的知识性、学术性，这是弘扬优秀传统文化的一种情怀……”这话是中肯的。

诗书画交融为一，这是中华文化的优良传统，高雅艺术的集中体现，学敏先生的创作达到了诗书意境的有机统一。书法是抒发主体情感、表达民族精神的古老艺术，其无穷魅力深深摇撼着中华儿女的心灵。书法以文质兼美的诗文为载体，以线条墨象为物化形式，而实现传承文化、抒发情感、表达思想的审美功能。书法为线条艺术、抽象艺术，其本体具有独立的审美价值。技法不能运斤成风，而侈言抒情自由，风格独特，不过是纸上谈兵而已。西方美学家约·德莱顿说：“要创造出真正的美必须具备巨匠的技艺。”沈鹏说：“笔法最单纯又最丰富，是起点也是归宿，有限中寓无限，书法美的秘密深藏于技法之中。”学敏先生学书有先天的优势，他早年拜李楚才先生为师，在他的指导下严格训练，打下了坚实的基础。正如袁枚所说：“开口乳要吃得好。”学敏先生学书的功力深，起点高，之后又得舒同、方毅等名家大匠的亲炙，走碑帖融合之路，他的创作以于右任之清俊为基，广取汉碑之高古、鲁公之清雄、二王之灵和、米芾之纵逸，一无依傍，纵情挥洒，潇洒流落，翰逸神飞，形成刚健寓婀娜、古拙含飞动的独特书风。对赵先生书法艺术所取得的成就，沈鹏先生予以充分肯定，他说：“赵学敏是好人，为人为艺很忠诚、很务实，他的书法写得不错，行草的功力尤深，他学于右任得其神韵，能入能出，清刚多韵，语言也丰富。”苏士澍、言恭达、周俊杰、王岳川、西中文等名流方家多有高度评价。

近些年来，赵学敏提出了“人民书法”的艺术理念，他说：“无论哪种书体形式，都要自然规范，人民群众能够认得，读懂、明白所书作品的含义，从书法作品中得到激励和美的享受。”他所说的“人民书法”，笔者的理解是艺术创作要有雅俗共赏的特征，体现大众意识，目之于色，有同美焉。书法的线条、结字、布局应体现普遍性的审美意义，视而可识，察而见义，象中有意，韵外有情，为人民群众提供可口的精神食粮，不以狂怪恣肆而自高。他的“人民书法”的理念还受沈鹏书境诗化的影响甚深，体现深厚的文化底蕴，将诗意化为潜意识贯注于书品意象之中，体现以文养墨、以学砺笔的美学理想。《二十四节气诗书》的诗书合璧，便是作者提倡“人民书法”的美学理念的成功实践。

诗是无形画，书是有形诗，二者达到高度的和谐是极为艰难的，艺术审美达到一定高度，前进一厘米也有蜀道之难。诗书的融合不仅仅是外在躯壳，而且是内在意境，这需要深入实践、悟性超卓方能达到高雅深秀之境界。赵先生的书法语言能准确追蹑载体的情感运动，诗意切入或正向、或侧向、或移情，形成或清逸、或古朴、或幽邃的艺术境界，既表达沉郁的诗情，又彰显瑰奇的书境，体现刚健婀娜、古拙飞动的美感特征。言恭达评《处暑》的书品时说：“《处暑》一诗点画顾盼，左右呼应，融隶于草，趣味无穷。在点画来龙去脉的交代过程中，一丝不苟，笔笔到位，胸中饶有慷慨之意，笔下却显沉稳之势，既动亦静，既纵亦擒，线条的运动始终提按有致、控制有度，可见书家驾驭笔墨的技巧之高、腕底的功夫之深。”西中文评《秋分》书品时说：“用笔简净，中锋逆藏，笔笔到位，如锥画沙，毫无虚怯靡弱之感，笔锋转换处，提按掣收，都交代得十分清楚。……他的书法风格追求端庄肃穆、平和温润的庙堂之风、正大气象。”这些大家的评价并非虚言。

此书不仅体现诗词的清新含蓄之韵致、书法的清刚飘逸之神采，还体现科普知识的准确严密、考据材料的翔实博洽之独特美感。科学知识实际上是一种很高境界的美。歌德说："美是自然的秘密的表现。"约瑟夫·鲁说："一切精美的东西有其深沉的内涵。"这个"深沉内涵"应指文化，指各科知识。此书既是艺术性的专著，又是具有较高学术含金量的科普著作。《中华二十四节气诗书》的美感魅力是多元的：既可读出墨彩淋漓、诗意盎然的艺术之美，又可读出各门学问的知识之美。品读此作，通过意象的暗示，仿佛把我们带入野花发而幽香、佳木秀而繁荫、风霜高洁、水落石出的四时美景之中，让我们领略祖国山河的壮美景色，同时又让我们感知农耕文明的博大精深。

学敏先生是治学严谨的学者，为文言之有物、言之有据。二十四节气是先民通过观察太阳周期运动而形成的知识体系，它是根据太阳运行在黄道上的位置，兼顾月亮运行划分为24等份，每一等份为一个节气（每等份15度），始于"立春"，终于"大寒"，周而复始。阳历反映了太阳的周期运动，最适合指导农事活动；阴历可指月亮的盈亏，还可以预告潮汐的大小。因此把握节气对农事、养生、天文、气象等都有很大的指导意义，节气影响着整个社会生活的运转和千家万户的衣食住行。作者对每个节气的源起、内涵、特点以及相关内容作了准确解释，运用文献进行了考证。如介绍节气"谷雨"时指出：每年4月19～21日，太阳位于黄经30°时是谷雨节气。《月令七十二候集解》载："三月中。自雨水后，土膏脉动，今又雨其谷于水也。雨读作去声，如雨我公田之雨。

盖谷以此时播种，自上而下也。”言及“立秋”：每年8月7～9日，太阳位于黄经135° 时是立秋节气，“立”是开始之意，“秋”指庄稼成熟。《月令七十二候集解》载：“秋，揫也。物于此而揫敛（音脸，意为收集）也。”作者对节气的描述与解说，注意到了因我国地域辽阔各地气候的差别。此作插入以太极为中心、以八卦为表里的与二十四节气相对应的图表，准确地说明了节气与多学科之间的联系，可谓用心至极。

此书对与节令相关联的物候特征、社会风习作了简约的介绍，通过节气这个点让我们窥见了农耕文明内涵的深刻丰富，追溯到中华民族文化的源头。作者对生活的观察甚为深入，知识积累甚为丰富，对节气的物候特征作了简约的介绍，如“雨水”三候：一候獭祭鱼，二候候雁北，三候草木萌动。“小暑”三候：一候温风至，二候蟋蟀居壁，三候鹰始击。这些知识有的出自文献的记载，更多的是通过实地考察得来，充分体现了作者的求实精神。由节气而形成的风习，这是农耕文明的真实记录，这是从浩如烟海的典籍中整理挖掘又结合实地考察而概括出来的，如“秋分”的文化风习：一为秋祭月，经考证中秋节为传统的“祭月节”而来；二为送秋牛，有些地方出现挨家挨户送秋牛图的人，这是民间风习；三为粘雀子嘴，这是汤圆的一种吃法，与秋分节气有关；四为放风筝、竖蛋，每年春分、秋分之时有数以千万计的人在做“竖蛋”的试验；五为吃秋菜。节气与养生的关系也密切，用今天的术语来说，揭示了节气与生命科学的内在联系。如“小满”养生有三点：多吃苦菜，早睡为佳，多出汗。“立冬”养生：起居遵循节律规律；恬淡安静，畅快心情；饮食以滋阴润燥为主。这些对我们的生活很有指导性意义。

《中华二十四节气诗书》熔艺术性、科学性、知识性为一炉，确为不可多得的百科全书式的著作，体现了作者丰美的才情、深厚的功力和广博的学养，更体现了作者对中华传统文化的热爱之情。古人对人才的评判标准，喜欢用“才”、“学”、“识”三字衡量，才能偏于实务，学问偏于读书成果，见识基于才能和学问的分析能力，三者有机结合方为卓异之才，而识见尤为重要。学敏先生的艺术创作从二十四节气切入，管中窥豹地反映了中华文化的博大渊深，彰显识见之卓远。正如连辑先生所言：“赵学敏先生对我国的战略布局和变革完善有一种预见，他很早就在工作岗位上对我国未来将重视生态环境有超前觉醒，所以他的思想认识、文化行为，包括文学艺术方面的文章、诗词和书法创作，都突出和渗透着生态环境保护理念，这就和现在中央的生态文明战略充分融合起来了。”

蹊径独辟，五色交辉，这大致是《中华二十四节气诗书》的美感特征。虽有佳肴，不食不知其旨也；虽有至道，不学不知其善也。毛泽东主席说：“你要知道梨子的滋味，还得亲口吃一吃。”亲口吃一吃梨子吧，滋味是非常可口的。

是为序。

2018年11月27日

于湘潭大学教师公寓

（蒋力馀系湘潭大学教授，著名诗书画美评家，《沈鹏诗书研究》、《林凡评传》之作者）

目录

春

夏

秋

冬

“人与自然相处的智慧——二十四节气”专题展开幕式

2016年11月30日，联合国教科文组织通过审议，批准中国申报的“二十四节气”列入联合国教科文组织人类非物质文化遗产代表作名录！国际气象界把二十四节气誉为继造纸术、指南针、火药、印刷术之后“中国的第五大发明”。

为了祝贺我国的这一伟大发明申遗成功，2017年8月7日，在文化部、农业部主持下，中国农业博物馆、中国非物质文化遗产保护中心在中国农业展览馆举办了“人与自然相处的智慧——二十四节气专题展”和二十四节气诗书画展。我国著名诗人、书法家赵学敏不仅参与了申遗工作，而且把自己精心创作的二十四节气诗和书法同时展出，并向中国农业展览馆捐赠二十四节气书法作品。这次展览历经20天，每天参观人数达千人，并举办了多场报告会、研讨会，受到了社会各界重视和好评，很多青少年在参观中了解并学习了中国传统文化知识。

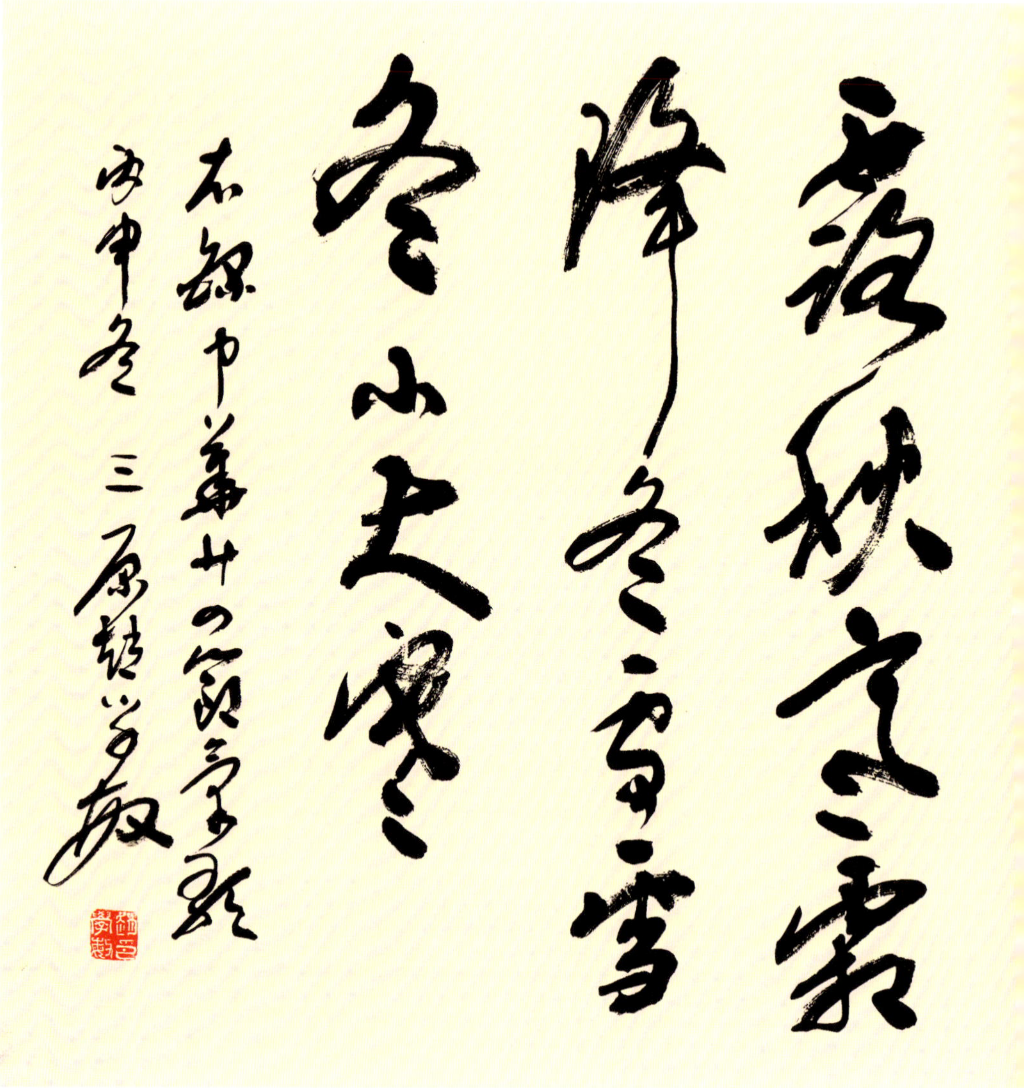

赵学敏书《中华廿四节气歌》：春雨惊春清谷天，夏满芒夏暑相连。秋处露秋寒霜降，冬雪雪冬小大寒。

去日苦多慨當以慷

海芷灰萬

復連

二十四节气

二十四节气是中国人通过观察太阳周年运动而形成的时间知识体系。它是根据太阳运行在黄道上的位置，兼顾月亮运行划分为24等份，每一等份为一个节气（每等份15度），始于立春，终于大寒，周而复始。地球的自转轴与其公转轨道之间存在66° 34″的夹角，因此，作为一个球体，地球表面同一纬度接受到的阳光随着地球在轨道上位置的变化而变化。正所谓“万物生长靠太阳”，包括人类在内的地球生物都要受到这一变化的影响，古人将之称为“物候”。《黄帝内经》根据物候的变化，将5天称为1“候”，3候称为1“气”，6气称为1“时”，4时称为1“岁”。其中“气”就是我们所说的节气。我国农历是一种阴阳合历，就是以月球平均绕地球转一周的时间为一月，但通过设置闰月，使一年的平均天数又与地球平均绕太阳转一周的时间相等。阳历反映了太阳的周视运动，最适合指导农事活动。阴历可以指明月亮的盈亏，还可以预告潮汐的大小。我国农历将二十四个节气分为十二个节气和十二个中气，规定把没有中气的那个月作为闰月。因此加入二十四节气能较好地反映出太阳运行的周期和物候变化，对农事、天文以及人类养生都有极大的科学指导意义，影响着千家万户的衣食住行。二十四节气是华夏祖先历经千百年的实践创造出来的宝贵科学遗产和智慧的结晶。

二十四节气的命名反映了季节、气候现象、气候变化等。二十四节气分别为：立春、雨水、惊蛰、春分、清明、谷雨、立夏、小满、芒种、夏至、小暑、大暑、立秋、处暑、白露、秋分、寒露、霜降、立冬、小雪、大雪、冬至、小寒、大寒。为了记忆方便，古人把二十四节气编成脍炙人口的歌诀：“春雨惊春清谷天，夏满芒夏暑相连。秋处露秋寒霜降，冬雪雪冬小大寒。”二十四节气还可以划分为如下几类：表示寒来暑往变化的有：立春、春分、立夏、夏至、立秋、秋分、立冬、冬至八个节气；象征温度变化的有：小暑、大暑、处暑、小寒、大寒五个节气；反映降水量的则是：雨水、谷雨、白露、寒露、霜降、小雪、大雪七个节气；反映物候现象或农事活动的节气有：惊蛰、清明、小满、芒种四个节气。春分、秋分、夏至、冬至四个节气是从天文角度来划分的，反映了太阳高度变化的转折点。立春、立夏、立秋、立冬四个节气则反映了四季的开始。

二十四节气既是一个科学体系，也是中华民族的文化精华，传承至今，依然璀璨闪烁。二十四节气有着丰富的内涵，关乎历法、天文、气象、物候与节令，延展到生活中，事关农历节日、农耕时序、民俗活动、民间宜忌、饮食养生，等等。我国的四大传统节日——清明节、端午节、中秋节、春节，都离不开时令的安排。2018 年 6 月 21 日，经党中央批准、国务院批复，自 2018 年起，将每年秋分设立为“中国农民丰收节”。

二十四节气不仅是指导我国农业生活的历法，更是融入我国悠久绵长的文化中，围绕二十四节气，我国历史上的文人墨客们留下了许许多多美丽的诗篇，让人读完后唇齿留香，心生向往。赵学敏先生运用我国传统格律创作了二十四节气诗并书写成优美的书法作品，不仅把二十四节气的气候特征、农事变化、气候变迁，以及劳动人民播种收获的过程描绘得非常生动，而且还注入自己的情感，诗中透露出对大自然的热爱、对大地的感恩和对劳动人民深深的挚爱。这就是对二十四节气自然描写和内心情感结合，写得非常生动，抓住了每个节气特征。农业部、文化部、国家气象局、中国农业博物馆、中国艺术研究院和中华诗词学会等部门专家、学者一致认为：赵学敏先生二十四节气诗以十分生动的语言，把自然与环境、与人文、与生活、与传统做了恰如其分的融合，可以从中感悟到中华民族先贤的伟大、感受到赵学敏深厚的国学积淀和真挚的民族情怀；这是迄今为止第一次由一人独立创作 24 首诗描绘二十四节气，填补了文学创作史和农耕文明史的一项空白。

现将二十四节气详细知识和赵学敏二十四节气诗书整理，以飨广大读者。

立春三候

○一候东风解冻。

说的是东风送暖，大地开始解冻。

○二候蛰虫始振。

立春五日后，蛰居的虫类慢慢在洞中苏醒。

○三候鱼陟负冰。

再过五日，河里的冰开始融化，鱼开始到水面上游动，此时水面上还有没完全融解的碎冰片，如同被鱼负着一般浮在水面。

春

二十四节气之

立春

○每年2月3～5日，在太阳位于黄经315°时是立春节气，立春是二十四节气中第一个节气。《月令七十二候集解》说：『正月节。立，始建也。』『立』是『开始』的意思，自秦代以来，中国就一直以立春为孟春时节的开始。

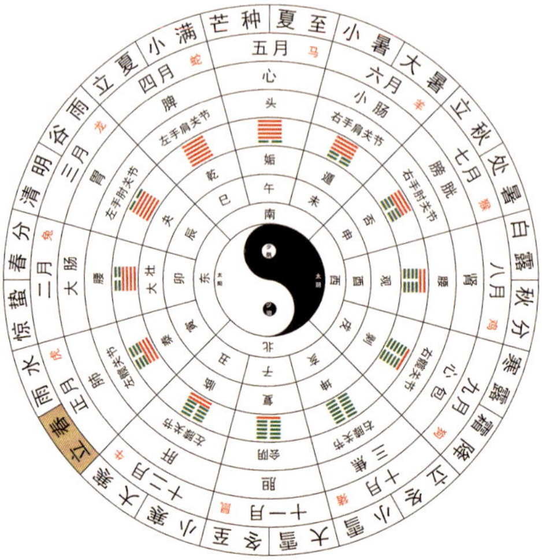

春	立春 *Spring begins* 02月03～05日	雨水 *The rains* 02月18～20日	惊蛰 *Insects awaken* 03月05～07日
	春分 *Vernal equinox* 03月20～22日	清明 *Clear and bright* 04月04～06日	谷雨 *Grain rain* 04月19～21日
夏	立夏 *Summer begins* 05月05～07日	小满 *Grain buds* 05月20～22日	芒种 *Grain in ear* 06月05～07日
	夏至 *Summer solstice* 06月21～22日	小暑 *Slight heat* 07月06～08日	大暑 *Great heat* 07月22～24日
秋	立秋 *Autumn begins* 08月07～09日	处暑 *Stopping the heat* 08月22～24日	白露 *White dews* 09月07～09日
	秋分 *Autumnal equinox* 09月22～24日	寒露 *Cold dews* 10月08～09日	霜降 *Hoar-frost falls* 10月23～24日
冬	立冬 *Winter begins* 11月07～08日	小雪 *Light snow* 11月22～23日	大雪 *Heavy snow* 12月06～08日
	冬至 *Winter solstice* 12月21～23日	小寒 *Slight cold* 01月05～07日	大寒 *Great cold* 01月20～21日

立春　张德治 摄

每年 2 月 3 ~ 5 日，在太阳位于黄经 315° 时是立春节气，立春是二十四节气中第一个节气。《月令七十二候集解》中说："正月节，立，始建也。"立春是汉族民间重要的传统节日之一。"立"是"开始"的意思，自秦代以来，我国就一直以立春为春季的开始。从立春时节当日一直到立夏前这段时间，都被称为春天。我国古时以"春为岁首"，立春称为"春节"。直到 1912 年民国建元时，以公元纪年为国历，将公历 1 月 1 日称为元旦，农历 1 月 1 日改称为春节，立春从此不再称春节。

所谓"一年之计在于春"，春是温暖，鸟语花香；春是生长，耕耘播种。立春，作为二十四节气中的第一个节气，与立夏、立秋、立冬一样，反映着四季的更替，也意味着新的一个轮回已开启。

古籍《群芳谱》对立春解释为："立，始建也。春气始而建立也。"立春揭开了春天的序幕，表示万物复苏的开始。此刻，泥土中跃跃欲试的小

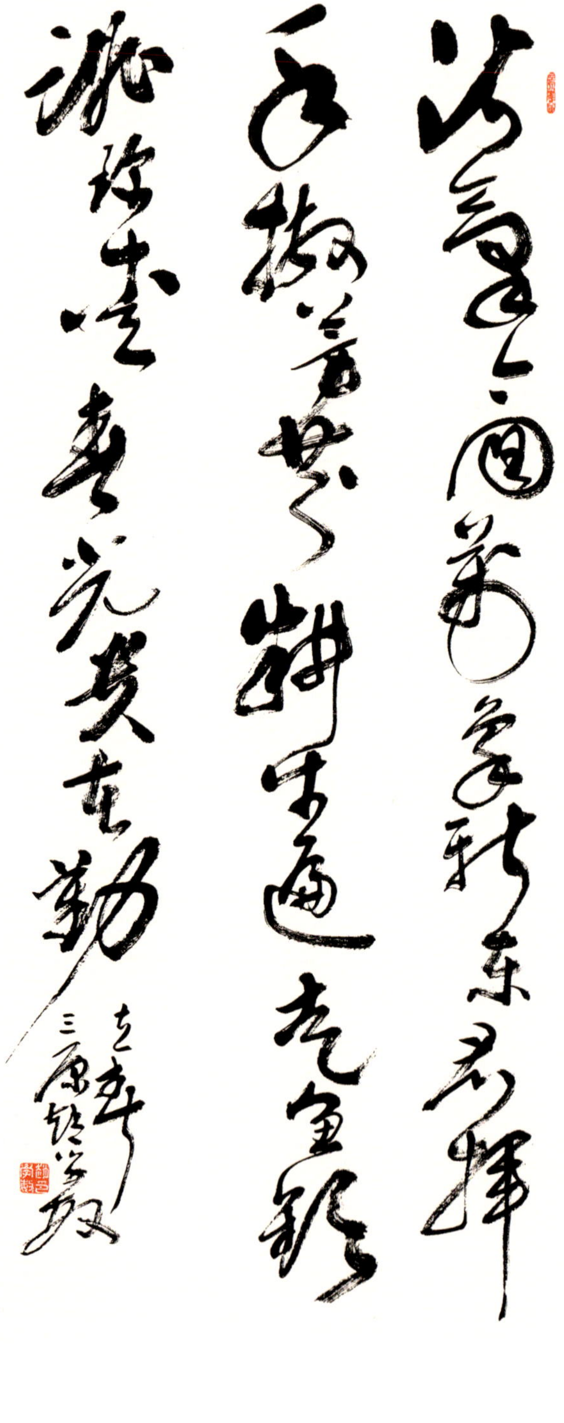

草，正等待着“春风吹又生”；而“春到人间草木知”，则形象地反映出立春时的自然特色。

立春后气温回升，春耕大忙季节在全国大部分地区陆续开始。立春节气，东亚南支西风急流已开始减弱，隆冬气候已快要结束。但北支西风急流强度和位置基本没有变化，蒙古冷高压和阿留申低压仍然比较强大，大风降温仍是盛行的主要天气。但在强冷空气影响的间隙期，偏南风频数增加，并伴有明显的气温回升过程。

时至立春，人们明显地感觉到白昼长了，太阳暖了。气温、日照、降雨，这时常处于一年中的转折点，趋于上升或增多。小春作物长势加快，油菜抽薹和小麦拔节时耗水量增加，应该及时浇灌追肥，促进生长。农谚提醒人们“立春雨水到，早起晚睡觉”，春备耕也开始了。虽然立了春，但是华南大部分地区仍是很冷，时有“白雪却嫌春色晚，故穿庭树作飞花”的景象。这些气候特点，在安排农业生产时都是应该考虑到的。

立　春

淑气今回万象新，东君挥手撒芳芬。
耕牛遍走鱼欢跳，珍爱春光贵在勤。

诗文赏析

赵学敏先生的《立春》一诗，情与景、情与理交织一片，诗作既表达丰美的情感，又蕴含生活之哲理。起句和承句“淑气今回万象新，东君挥手撒芳芬”通过暗示性的联想，使我们仿佛看到春姑娘神光离合地向我们走来，挥动着彩带，漫撒着花瓣，在水畔山边轻盈起舞，凝神桃花笑，飞袂拂云雨；翩如兰苕翠，婉若游龙举。转句和合句是这首诗的主题，“耕牛遍走鱼欢跳，珍爱春光贵在勤”，春光是美好的，对春光的热爱不是流连光景，而是珍惜良辰，辛勤劳作，撒播希望的种子。

名家点评

中国文联党组成员、书记处书记陈建文评价：赵学敏先生的二十四节气诗将普及中华优秀传统文化、传承中华文明落到了实处。他的二十四节气诗书对中华传统文明作了一个全方位、不同的方式来展示。赵学敏先生选择二十四节气为主题，写自己的诗词，以书法艺术的方式来展示，这就是在艺术创作当中充分体现一种文化自信。书法艺术要有技术，要精益求精，要有工匠精神。所以，我觉得赵学敏先生的这个主题性的书法艺术创作和展览，对推动书法艺术的发展，有重要的启示和推动作用。

中国书协副主席翟万益评价：赵学敏先生《立春》作品同以往不同，

赵学敏二十四节气诗书研讨会

不同的地方无论是诗或者书法，都采取了清新简约的手法，力求在书法的气韵、气势上表现诗的意境、意味，应该说作者在这一点上进行了大胆探试。在书法技法上，没有墨守故技，大多率意而为，写得生涩老辣，笔画透出一些拙味，但运笔的超迈痛快都隐藏在字的背后，泛溢出满纸的活泼天真。

立春习俗

立春，既是一个古老的节气，也是一个重大的节日。我国自古为农业国，春种秋收，关键在春。民谚有“一年之计在于春”的说法。立春表示春季的开始，大地回春，万物复苏。民间会举办许多迎春活动，如：制作小泥牛，“春牛送春”，家家门贴用米和纸糊成的春牛，妇女剪春燕花簪、乌簪等各种春幡等，产生了很多风俗。

1. 春节

立春是二十四节气之首，所以古代民间都是在“立春”这一天过节，相当于现代的“春节”，阴历正月初一称为元旦。1913 年（民国二年），当时民国政府拟定阴历元旦为“春节”，次年（1914 年）起开始实行。自此，夏历岁首称春节，一直相沿至今。故属相应当从立春开始计算，确定属相也是以立春为准，而不是以正月初一为界。

2. 郊祭

立春，意味冬去春来，万象更新。立春既是一年中第一个节气，同时也是一个重大的节日。这一天，天子要亲率诸侯、大夫到京城东郊举行迎春盛典，布德四方，施惠万民，祈求国泰民安。

3. 打春

《事物纪原》记载：“《礼记·月令》曰：出土牛以示农耕之早晚。”后世历代封建统治者这一天都要举行鞭春之礼，意在鼓励农耕，发展生产。

4. 春社

民间游行舞龙，糊春牛，祭祀社神，并占新春气候，占风向，望云气，占岁成。

5. 咬春

咬春又称为吃春或者啃春，中国民间立春节令食俗。既是指要在春天吃适宜养生的食物，也是指要多吃时令季节的果蔬。

6. 送春牛帖子

旧俗立春前一日，有两名艺人顶冠饰带，称春吏。沿街高喊：“春来了”，俗称“报春”。春吏唱着迎春的赞词，挨家挨户送上一张春牛图或迎春帖子。在这红纸印的春牛图上，印有一年二十四个节气和人，牵着牛耕地，人们称其为“春帖子”。这送春牛图，其意在催促提醒人们，要抓紧务农，莫误大好春光。

7. 迎春

迎春是立春的重要活动，事先必须做好准备，进行预演，俗称演春。然后，才能正式迎春，目的是把春天和句芒神接回来。

8. 踏青

立春后，人们在春暖花开的日子里，喜欢外出游春，俗称出城探春、踏春，这也是春游的主要形式。

立春养生

《黄帝内经》所谓“春生、夏长、秋收、冬藏”，春季的养生保健要注重“生”字，要顺应阳气的升发，顾护阳气。立春就意味着冬藏结束，万物萌发，故养生的一年之计也在于春。

1. 春天的养生保健，首先就是防病调养

立春，是春天也是全年的第一个节令，天气由寒转暖，乍暖还寒，而温热毒邪开始活动，各种致病的细菌随之生长繁殖。要顺应气候来保暖防寒，不使阳气受遏。要常开窗，使室内空气流通，保持空气清新和阳光充足，这样就使各种病菌失去了滋生的条件。

2. 情志调养

春天应注意情志养生，戒怒戒暴以养其性，广施博爱，善济仁慈，保持乐观开朗的情绪，以使肝气条达，身心和谐，从而起到养生防病、延年益寿的作用。

3. 饮食调养

立春阳气初发，要做到合理调摄饮食，注意饮食保健。

4. 运动调养

春季养生，既要注意固守自身的阳气，避免由于过度活动和耗损而对人体的阳气产生不良影响，又要注重采纳自然之气以养阳。养阳的关键在“动”，切忌“静”。宜舒展形体，克服倦懒思眠状态，多参加室外活动，使自己的精神情志与大自然相适应。

立春养生“五字诀”

衣：立春过后还得“捂”；食：立春之后多吃辛温食物；住：多开窗保持空气清新；行：多去郊外走走；防：防躁动，重视心理保健。

雨水三候

○ 一候獭祭鱼。

雨水时，水獭开始捕鱼了，将鱼摆在岸边如同先祭后食的样子。

○ 二候候雁北。

五天过后，大雁开始从南方飞回北方。

○ 三候草木萌动。

再过五天，在『润物细无声』的春雨中，草木随地中阳气的上腾而开始抽出嫩芽。从此，大地渐渐开始呈现出一派欣欣向荣的景象。

二十四节气之

雨水

○每年2月18～20日，太阳位于黄经330°时是雨水节气，雨水是二十四节气中的第二个节气。此时，气温回升、冰雪融化、降水增多，故取名为雨水。雨水和谷雨、小雪、大雪一样，都是反映降水现象的节气。

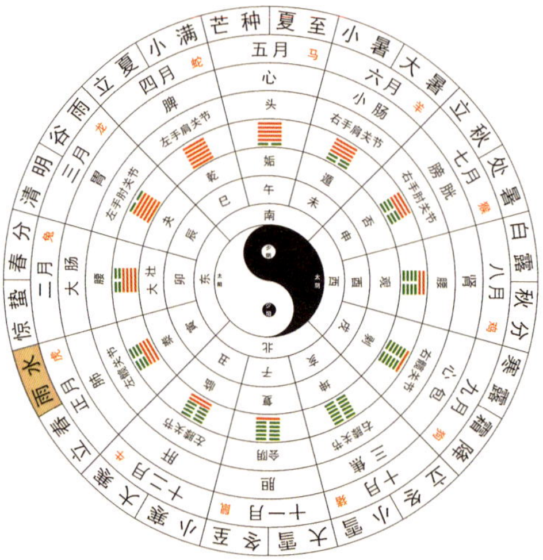

春	立春 *Spring begins* 02月03 ~ 05日	雨水 *The rains* 02月18 ~ 20日	惊蛰 *Insects awaken* 03月05 ~ 07日
	春分 *Vernal equinox* 03月20 ~ 22日	清明 *Clear and bright* 04月04 ~ 06日	谷雨 *Grain rain* 04月19 ~ 21日
夏	立夏 *Summer begins* 05月05 ~ 07日	小满 *Grain buds* 05月20 ~ 22日	芒种 *Grain in ear* 06月05 ~ 07日
	夏至 *Summer solstice* 06月21 ~ 22日	小暑 *Slight heat* 07月06 ~ 08日	大暑 *Great heat* 07 月22 ~ 24日
秋	立秋 *Autumn begins* 08月07 ~ 09日	处暑 *Stopping the heat* 08月22 ~ 24日	白露 *White dews* 09月07 ~ 09日
	秋分 *Autumnal equinox* 09月22 ~ 24日	寒露 *Cold dews* 10月08 ~ 09日	霜降 *Hoar-frost falls* 10月23 ~ 24日
冬	立冬 *Winter begins* 11月07 ~ 08日	小雪 *Light snow* 11月22 ~ 23日	大雪 *Heavy snow* 12月06 ~ 08日
	冬至 *Winter solstice* 12月21 ~ 23日	小寒 *Slight cold* 01月05 ~ 07日	大寒 *Great cold* 01月20 ~ 21日

雨水　张德治 摄

每年2月18～20日，太阳位于黄经330°时是雨水节气，雨水是二十四节气中的第二个节气。此时，气温回升、冰雪融化、降水增多，故取名为雨水。雨水和谷雨、小雪、大雪一样，都是反映降水现象的节气。

《月令七十二候集解》:“正月中。天一生水。春始属木，然生木者必水也，故立春后继之雨水。且东风既解冻，则散而为雨水矣。”意思是说，雨水节气前后，万物开始萌动，春天就要到了。如在《逸周书》中就有雨水节后“鸿雁来”、“草木萌动”等物候记载。

在二十四节气的起源地黄河流域，雨水之前天气寒冷，但见雪花飞，难闻雨水声；到了雨水时节，桃李含苞，樱花盛开，正是“雨润春华”的大好时光。雨水不仅表明降雨的开始和雨量增多，而且也表示气温的升高，沁人心扉的春天气息洒满大地。

雨水节气太阳的直射点由南半球逐渐向赤道靠近，这时的北半球，

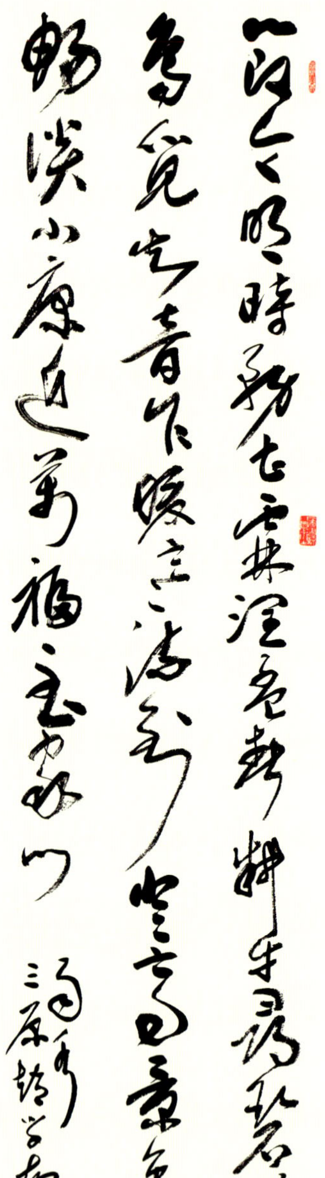

日照时数和强度都在增加，气温回升较快。与此同时，冷空气在减弱的趋势中并不甘示弱，与暖空气频繁地进行着较量，不肯收去余寒，总的趋势是由冬末的寒冷向初春的温暖过渡，气温回升、乍寒乍暖。

雨水节气的15天，正好从“七九”的第六天到“九九”的第二天。农谚说：“七九河开，八九燕来，九九加一九，耕牛遍地走。”这时候，除了仍在寒冬之中的西北、东北、西南高原等地，全国大部分地区都在春风雨水中，出现了春耕春种的繁忙景象。

雨水前后，油菜、冬麦返青生长，对水分要求较高。“春雨贵如油。”华北、西北以及黄淮地区，雨水时节的降水量一般较少，常常不能满足农业生产的需要。因此雨水前后要及时春灌，确保农业稳产高产。淮河以南地区，则要搞好田间的清沟沥水，以防春雨过多而导致农作物的湿害烂根。农谚说：“麦浇芽，菜浇花，全靠水当家。”当然，对已经起苔的油菜别忘了追施苔花肥。在华南，双季的早稻育秧已经开始，要在“冷尾暖头”时抢晴播种，力争全苗壮苗。

雨　水

节令明时务，甘霖润孟春。
耕牛寻碧草，候鸟觅知音。
乍暖寒流到，登高景色新。
畅谈小康近，万福至家门。

诗文赏析

赵学敏先生这首《雨水》五言律诗，读起来朗朗上口，似乎是用心体会雨水节气的特征，“甘霖”、“耕牛”、“碧草”、“候鸟”等，都是初春到来的物候，给人以春意盎然、生机勃勃、万物更新的景象。所以读《雨水》诗心境特别好。首联以“节令明时务，甘霖润孟春”开头，明白清晰，特别是采用拟人手法，“明”和“润”二字，用得传神，一下子把雨水节气给写活了，使人脑海里立刻浮现出了春回大地，耕牛遍地走，候鸟回归，甘霖滋润大地的春色画卷。颔联“耕牛寻碧草，候鸟觅知音”，虽然是描写的物候现象，但用词工整对仗，是一副生动形象的春联。颈联“乍暖寒流到，登高景色新”，用转折手法，虽然描写的是雨水节气的天气特点，但不影响人们踏青的心情。尾联“畅谈小康近，万福至家门”是整首诗的主题，语言朴实，具有时代气息，表现了人们生活水平提高后喜悦的心情。

名家点评

中国艺术研究院原院长连辑评价：赵学敏先生的节气诗，对我国二十四节气这一科学发明，做了文化性的、文学性的梳理和表达，他的诗律非常严谨，有很强的知识性、学术性，这是弘扬优秀传统文化的一种情怀，并且呼应了联合国教科文组织关于二十四节气列入世界非物质文化遗产代表作名录后，中国政府应该持有的一种姿态和文化传播。赵学敏先生对我国的战略布局和变革完善有一种预见。他很早就在工作岗位上对我国未来将重视生态环境有超前觉醒，所以他的思想认识、文化行为，包括文学艺术方面的文章、诗词和书法创作，都突出和渗透着生态环境保护理念，这就和现在中央的生态文明战略充分融合起来了。他在全国政协参与向联合国申报把中国二十四节气列入世界非物质文化遗产代表作名录工作中，注重用我国传统格律诗词，描述二十四节气，并写成书法，先后经历四五年时间，反复研讨修改，可谓用心至极。

中国书协理事、中央国家机关分会副主席兼秘书长白煦评价：学敏先生这幅作品，可以看出他功底还是很扎实的。学敏先生始终不渝，对书

時物去我遷子
亡有以限之湯
存返萬物之

法情有独钟，把艺术作为终身追求的一个目标，让我很钦佩。他对草书非常热爱，技法为于右任的标准草书。这幅作品气势大，笔力雄健，一气呵成，而且流畅通达。他对魏碑研究也很到位，他把行草的柔软变化、挥洒抒情，与魏碑的刚劲厚重巧妙地结合在他的作品中，可以说相得益彰。他坚持几十年的研习，把魏碑和行草书融合创作，形成了他自己独特的书法风格。

雨水习俗

雨水节是一个非常富有想象力和人情味的节日，在这一天，不管下雨不下雨都充满着一种雨意蒙蒙的诗情画意，人们也都在这一天以不同的形式乞求着顺利安康。

1. 拉保保

雨水这天在民间有一项特具风趣的活动叫“拉保保”（保保就是干爹）。而雨水节拉干爹，意取“雨露滋润易生长”之意。

2. 接寿

雨水这一天女婿、女儿要去给岳父岳母送节。送礼的礼品通常是一丈二尺长的红棉带，这称为“接寿”，意思是希望岳父岳母“寿缘”长，长命百岁。

3. 占稻色

占稻色，就是通过爆炒糯谷米花，来占卜当年稻谷收获的丰歉。

4. 回娘家

是一种很有特色的汉族岁时风俗。每年正月初二、初三，中国各地汉族同胞出嫁的女儿要回娘家，夫婿要同行，所以俗称迎婿日。

雨水养生

雨水季节，大气环流处于调整阶段，天气变化多端，乍暖还寒。

1. 适当春捂，预防倒春寒。初春天气渐暖，气候日趋暖和，但阴寒未尽，气温波动较大，春捂原则是注意“下厚上薄”，捂的重点在于背、腹、足底。背部保暖可预防寒气损伤“阳脉之海”——督脉，减少感冒概率；腹部保暖有助于预防消化不良和寒性腹泻。

2. 锻炼不宜过早。早春仍较为寒冷，不宜剧烈运动。应选择运动量不大的运动，如打太极拳、慢跑、爬山和散步等较轻松的运动，运动量以出“微汗”为宜。

3. 心平气和。雨水过后，春风送暖，致病的细菌易随风传播，传染病也容易流行。加上变化无常的天气，很容易引起人的情绪波动，对高血压、心脏病患者来说更应保持心态平和舒畅。

4.“雨水”湿气重健脾祛湿食芡实。随着雨水节气的到来，春雨会慢慢增多，导致湿气过盛，对人体最直接的危害就是湿困脾胃，出现食欲不振、消化不良、腹泻等症状。《黄帝内经》中说“湿气通于脾”，所以，这一时期要加强对脾胃的养护，健脾祛湿。

5. 雨水节气后，养生方法还应逐渐从“秋冬养阴”过渡到“春夏养阳”。

惊蛰三候

○ 一候桃始华。

一候时桃树开始开花，如霞似锦，让人沉浸在无尽的美景之中。

○ 二候仓庚鸣。

二候时仓庚（黄鹂鸟）在开满鲜花的树枝间跳来跳去，啼声好像美妙的歌声。

○ 三候鹰化为鸠。

三候时天空中已经看不到雄鹰的踪迹，我们只能看见鸤鸠（布谷）在鸣叫。

二十四节气之

惊蛰

○ 每年3月5～7日，太阳位于黄经345°时是惊蛰节气，惊蛰是二十四节气中的第三个节气。惊蛰，古称『启蛰』，意思是天气回暖，春雷始鸣，惊醒蛰伏于地下冬眠的昆虫。《月令七十二候集解》中说：『二月节。……万物出乎震，震为雷，故曰惊蛰。』

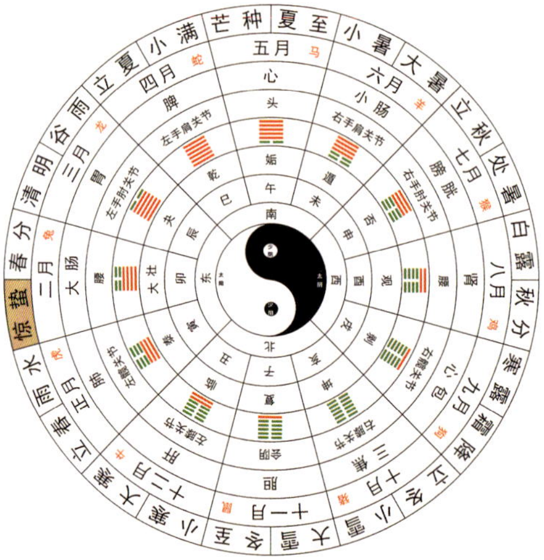

春	立春 *Spring begins* 02月03 ~ 05日	雨水 *The rains* 02月18 ~ 20日	惊蛰 *Insects awaken* 03月05 ~ 07日
	春分 *Vernal equinox* 03月20 ~ 22日	清明 *Clear and bright* 04月04 ~ 06日	谷雨 *Grain rain* 04月19 ~ 21日
夏	立夏 *Summer begins* 05月05 ~ 07日	小满 *Grain buds* 05月20 ~ 22日	芒种 *Grain in ear* 06月05 ~ 07日
	夏至 *Summer solstice* 06月21 ~ 22日	小暑 *Slight heat* 07月06 ~ 08日	大暑 *Great heat* 07 月22 ~ 24日
秋	立秋 *Autumn begins* 08月07 ~ 09日	处暑 *Stopping the heat* 08月22 ~ 24日	白露 *White dews* 09月07 ~ 09日
	秋分 *Autumnal equinox* 09月22 ~ 24日	寒露 *Cold dews* 10月08 ~ 09日	霜降 *Hoar-frost falls* 10月23 ~ 24日
冬	立冬 *Winter begins* 11月07 ~ 08日	小雪 *Light snow* 11月22 ~ 23日	大雪 *Heavy snow* 12月06 ~ 08日
	冬至 *Winter solstice* 12月21 ~ 23日	小寒 *Slight cold* 01月05 ~ 07日	大寒 *Great cold* 01月20 ~ 21日

惊蛰　张德治 摄

每年3月5～7日，太阳位于黄经345°时是惊蛰节气，惊蛰是二十四节气中的第三个节气。惊蛰，古称“启蛰”，意思是天气回暖，春雷始鸣，惊醒蛰伏于地下冬眠的昆虫。《月令七十二候集解》中说：“二月节。……万物出乎震，震为雷，故曰惊蛰。是蛰虫惊而出走矣。”

“春雷响，万物长”，惊蛰时节正是大好的“九九”艳阳天，气温回升，雨水增多，农家无闲。这时，我国除东北、西北地区仍是银装素裹的冬日景象外，其他大部分地区平均气温已升到0℃以上。

惊蛰节气在农忙上有着相当重要的意义。我国劳动人民自古很重视惊蛰节气，把它视为春耕开始的日子。皇帝往往也在这个时候发布劝农耕种的诏书。唐代诗人韦应物有诗云：“微雨众卉新，一雷惊蛰始。田家几日闲，耕种从此起。”农谚也说：“过了惊蛰节，春耕不能歇”、“九尽杨花开，农活一齐来”。

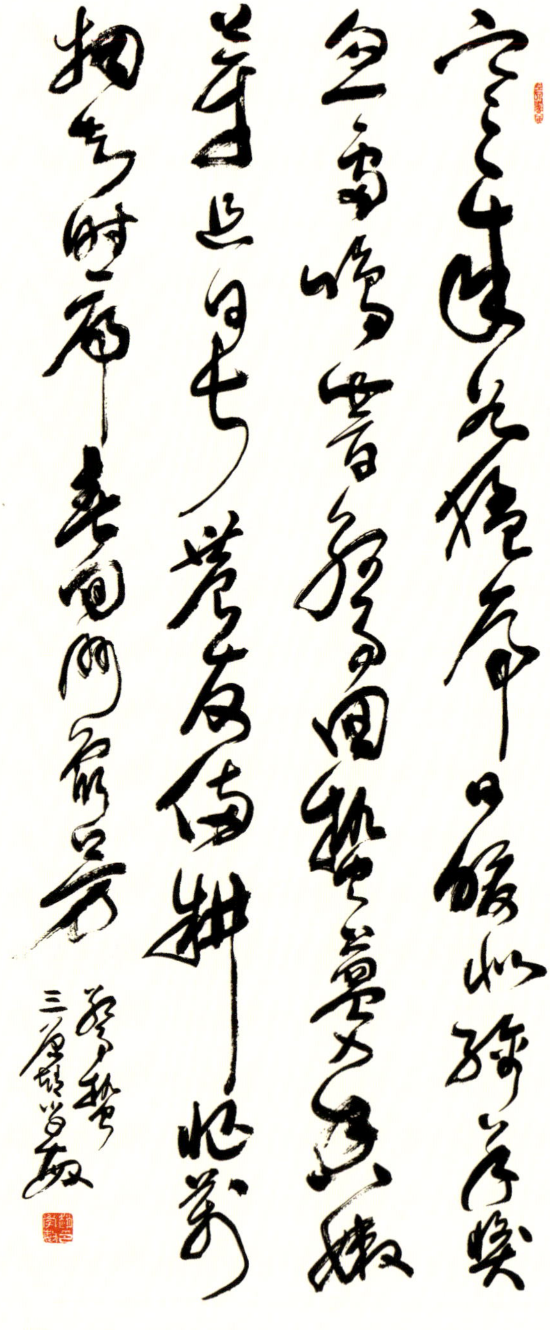

在华北，冬小麦开始返青生长，土壤仍冻融交替，及时耙地是减少水分蒸发的重要措施。“惊蛰不耙地，好比蒸馍走了气”，这是农民春季防旱保墒的经验。在江南，小麦已经拔节，油菜花开，干旱少雨的地方要适当浇水灌溉和施肥。在岭南各地，降水一般可满足农田作物的生长的需要，降水过度还要防止低洼地的湿渍侵害了。农谚曰：“麦沟理三交，赛过大粪浇”、“要得菜籽收，记得勤疏沟”。这是南方的农事，要搞好清沟沥水工作。

惊　蛰

寒来如猛虎，日暖似绵羊。
倏忽雷鸣响，惊回蛰梦香。
嫩芽追日长，农友备耕忙。
万物知时序，春回斗众芳。

诗文赏析

赵学敏先生《惊蛰》一诗，运用格律诗传统的比兴手法，把惊蛰节气的气候、物候和农事变化的特点，用鲜活的比喻描绘出来，不仅格律工整，而且富有艺术特色，使读者对惊蛰节气的科学知识有更直观深入的了解。首联和颔联运用反差比较大的词句，鲜明对比的语言，使惊蛰节气的特征得到形象生动的表达，给人印象深刻。首联“寒来如猛虎，日暖似绵羊”，用“猛虎”、“绵羊”形容处于转变中的惊蛰节气气温反差很大，总体上阳气上升，但乍暖乍寒。颔联“倏忽雷鸣响，惊回蛰梦香”，突然的雷声，惊醒了冬眠的昆虫，好似从香甜的睡梦中起来。这首联、颔联诗化语言，意象图画都展现在读者的眼前。颈联“嫩芽追日长，农友备耕忙”，更进一步描写出农作物开始萌芽，广大农民备耕忙碌。从物象上升到人事，

雪长岛人歌动
地诗我欲因之梦寥
廓芙蓉国里

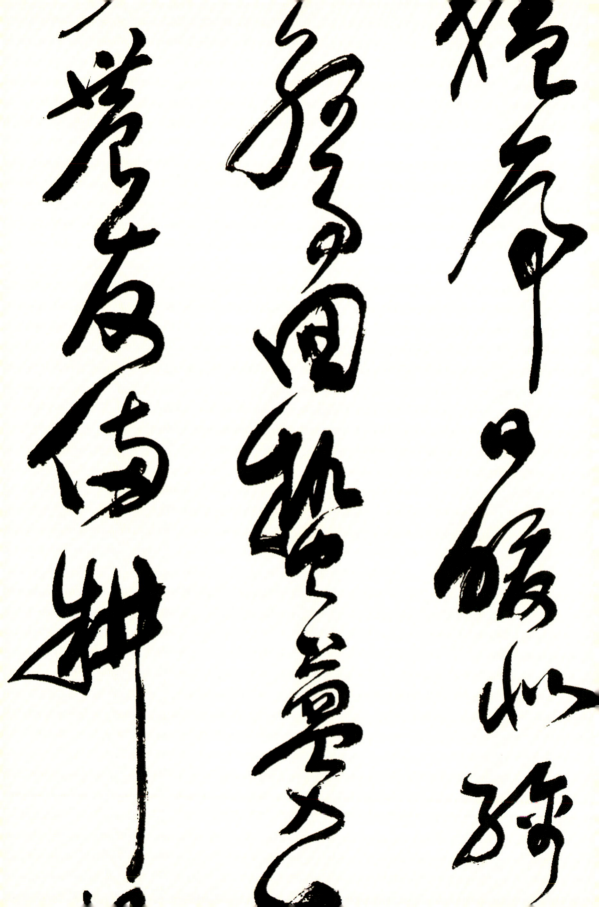

从形象上升到意象，尾句再上升到人们的感悟。尾联“万物知时序，春回斗众芳”，春回大地，万物复苏，草木花卉开始抱蕾，预示着一个争奇斗艳的春天的到来。所以，作者用“斗众芳”来形容，再恰当不过了。

名家点评

全国政协常委、全国政协书画室副主任、中国文联原副主席覃志刚评价：赵学敏先生这首《惊蛰》诗，对现实生活场景描写得绘声绘色，而且融入了个人的情感，诗文内涵丰富，有唐朝王维诗句意境，诗中有画，画中有诗。学敏先生对于右任魏碑楷书、标准草书进行了长期精深学习研究。所以，他的草书笔画规范，虽草但都能认得。特别是用笔圆润，着意表达诗文意境,形成诗书合璧、意韵相成。他的这首《惊蛰》用笔厚重浑圆，草法标准规范。看了他的诗词，既了解了节气特色，又能规范草书写法，值得我们研究和学习。

中国书协草书委员会副主任、荣宝斋艺术总监张旭光评价：赵学敏这幅《惊蛰》作品，其字形结构于正大稳实之中求灵动，笔断而意连；草法于规范中求生动，笔笔完整而气脉从容，涓涓流淌。其用笔以中锋立骨架，以侧锋求精神，在雄丽流畅之中，又共生着老辣与苍茫。这幅作品在依托于右任笔法的基础上，很好地表现了自己的性情。性情就是虚与实的关系、轻与重的关系、收与放的关系、疏与密的关系，这是一个书家创作上最见才气的方面。他的作品有了艺术感染力的提升，也就是神采上的提升。

惊蛰习俗

1. 惊蛰吃梨

惊蛰时节，乍暖还寒，除了注意防寒保暖，还因气候比较干燥，很容易使人口干舌燥、外感咳嗽，所以民间素有惊蛰吃梨的习俗。梨可以生食、蒸、榨汁、烤或者煮水。此时饮食起居应顺肝之性，吃梨助益脾气，令五脏和平，可增强体质抵御病菌的侵袭。

2. 蒙鼓皮

惊蛰是由于雷声引起的。惊蛰这天，天庭有雷神敲天鼓，人间也把握这个时机来蒙鼓皮。《周礼》卷四十《挥人》篇上说：“凡冒鼓必以启蛰之日。”可见不但百虫的生态与一年四季的运行相吻合，万物之灵的人类也应顺应天时，凡事才能收到事半功倍之效。

3. 驱除虫患

惊蛰惊醒所有冬眠中的蛇、虫、鼠、蚁，所以人们在惊蛰那天，手持清香、艾草，熏家中四壁，用香味驱赶蛇、虫、蚁、鼠和霉味，预防疾病发生。

4. 龙抬头

俗话说：“二月二，龙抬头，大家小户使耕牛。”此时，阳气回升，大地解冻，春耕将始，正是运粪备耕之际。传说此节起源于三皇之首伏羲氏时期。伏羲氏“重农桑，务耕田”，每年二月二这天，“皇娘送饭，御驾亲耕”，自理一亩三分地。后来黄帝、唐尧、虞舜、夏禹纷纷效法先王。到周武王时，不仅沿袭了这一传统做法，而且还当作一项重要的国策来实行。于二月初二举行重大仪式，让文武百官都亲耕一亩三分地，这便是龙头节的历史传说。

惊蛰养生

惊蛰时节人体的肝阳之气渐升，阴血相对不足，养生应顺乎阳气的升发、万物始生的特点，使自身的精神、情志、气血也如春日一样舒展畅达，生机盎然。

1. 早睡早起去“春困”

春天时节，人们常感到困乏无力、昏沉欲睡，早晨醒来也较迟，这是人体生理功能随季节变化而出现的一种正常的生理现象。应该早睡早起，散步缓行，在春光中舒展四肢，呼吸新鲜空气，舒展阳气，以顺应春阳萌生的自然规律，使自己的精神愉悦，同时增强体质，提高人体的抗病能力，保持身体健康。

2.“春捂”保暖防感冒

惊蛰节气阳气渐生，气候日趋暖和，但由于北方冷空气仍较强，气候变化大，且早晚与中午的温差很大，冷暖变幻无常，因而“春捂”尤为重要，不宜过早脱去御寒的衣物，须知感冒往往是因为在气温上升或出汗时脱衣，突然着凉染得的。

3. 饮食清淡多蔬菜

惊蛰天气明显变暖，饮食应清温平淡，宜多吃富含植物蛋白质、维生素的清淡食物，少食动物脂肪类食物。专家建议，可多食用一些新鲜蔬菜及蛋白质丰富的食物，如春笋、菠菜、芹菜、鸡、蛋、牛奶等，以增强体质抵御病菌的侵袭。

春分三候

○一候元鸟至。

元鸟，又称玄鸟，即燕子。燕子是春分来、秋分去的候鸟。

○二候雷乃发声。

随着天气转暖，春雨多了起来，空气潮湿，远处传来了沉闷的春雷声。

○三候始电。

由于空气潮湿，雨量渐多，随着遍地的春雷，闪电也开始出现了。

二十四节气之春分

○每年3月20～22日，太阳位于黄经0°时是春分节气，春分是二十四节气中的第四个节气。春分，是春季九十天的中分点。春分这一天太阳直射地球赤道，南北半球季节相反，北半球是春分，在南半球来说就是秋分。

春	立春 *Spring begins* 02月03 ~ 05日	雨水 *The rains* 02月18 ~ 20日	惊蛰 *Insects awaken* 03月05 ~ 07日
	春分 *Vernal equinox* 03月20 ~ 22日	清明 *Clear and bright* 04月04 ~ 06日	谷雨 *Grain rain* 04月19 ~ 21日
夏	立夏 *Summer begins* 05月05 ~ 07日	小满 *Grain buds* 05月20 ~ 22日	芒种 *Grain in ear* 06月05 ~ 07日
	夏至 *Summer solstice* 06月21 ~ 22日	小暑 *Slight heat* 07月06 ~ 08日	大暑 *Great heat* 07 月22 ~ 24日
秋	立秋 *Autumn begins* 08月07 ~ 09日	处暑 *Stopping the heat* 08月22 ~ 24日	白露 *White dews* 09月07 ~ 09日
	秋分 *Autumnal equinox* 09月22 ~ 24日	寒露 *Cold dews* 10月08 ~ 09日	霜降 *Hoar-frost falls* 10月23 ~ 24日
冬	立冬 *Winter begins* 11月07 ~ 08日	小雪 *Light snow* 11月22 ~ 23日	大雪 *Heavy snow* 12月06 ~ 08日
	冬至 *Winter solstice* 12月21 ~ 23日	小寒 *Slight cold* 01月05 ~ 07日	大寒 *Great cold* 01月20 ~ 21日

春分　陈远山 摄

每年 3 月 20 ~ 22 日，太阳位于黄经 0° 时是春分节气，春分是二十四节气中的第四个节气。春分，是春季九十天的中分点。春分这一天太阳直射地球赤道，南北半球季节相反，北半球是春分，在南半球来说就是秋分。

《月令七十二候集解》："二月中。分者，半也。此当九十日之半，故谓之分。秋同义。"《春秋繁露·阴阳出入上下篇》说："春分者，阴阳相半也，故昼夜均而寒暑平。"春分这一天阳光直射赤道，全球昼夜几乎相等，其后阳光直射位置逐渐北移，北半球各地昼渐长夜渐短，南半球各地夜渐长昼渐短。

春分是个比较重要的节气，它不仅有天文学上的意义：南北半球昼夜平分，在气候上，也有比较明显的特征，春分时节，我国除青藏高原、东北、西北和华北北部地区外都进入明媚的春天，在辽阔的大地上，杨柳青青、莺飞草长、小麦拔节、油菜花香。在北方，春分 15 天，正处在

高天黄云高寒雷惊随诗苇满晚春
颓垣日暮峰烟半西空东风起轻为鸟
鸣麦敌精料功将日暮无穷裁种万物
却觑倚冬为人留住且为勤

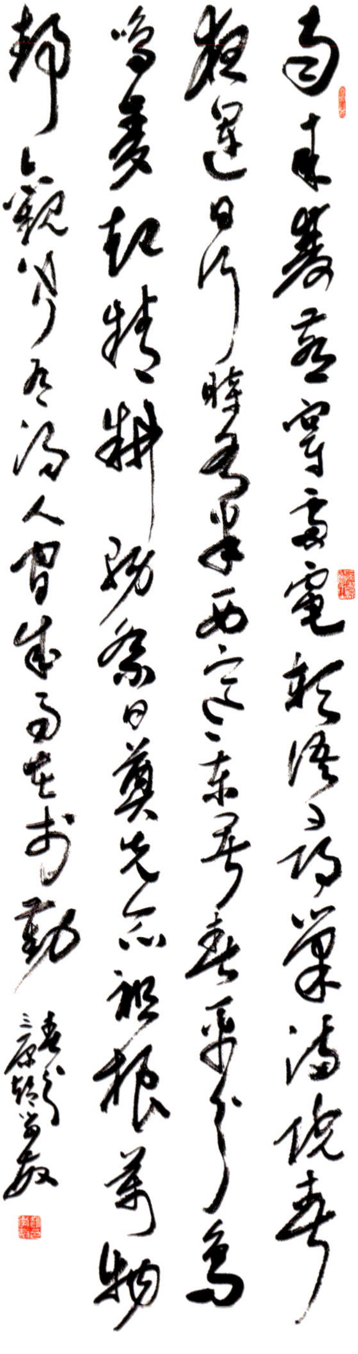

3 月底到 4 月初，大风卷起的扬沙、高空飘来的浮尘形成沙尘暴，对大气造成污染。在南方，春分时期，常会出现持续低温并伴有连绵阴雨，对农作物的危害很大。尤其是每当气温快速回升之后，忽然又出现一段时间的持续低温，这种天气现象被称作“倒春寒”。

春分之后，春季作物由南向北依次开始播种，如果此时降水偏少，旱象就会显现出来。尤其是西北、华北有“十年九春旱”和“春雨贵如油”之说。我国地域辽阔，各地农业生产的地区和季节差异很大，要根据地宜、时宜、物宜的“三宜”原则做好生产的安排。俗话讲：“春分麦起身，肥水要紧跟。”一场春雨一场暖，春雨过后忙耕田。春季大忙季节就要开始了，春管、春耕、春种即将进入繁忙阶段。春分过后，越冬作物进入生长阶段，要加强田间管理。由于气温回升快，需水量相对较大，农民朋友要加强蓄水保墒。

春　分

南来双燕穿雷电，软语寻巢满院春。
夜运日行时各半，西寒东暑春平分。
鸟鸣麦起精耕务，祭日奠先念祖根。
万物静观皆有得，人间成事在于勤。

诗文赏析

赵学敏先生《春分》一诗采用情景交融、情理交融、情事交融的素描手法，在描写春分节气物候特点中，既表达丰美的情感，又蕴藏着人生哲理。首先是采用拟人手法表现景与情的交融，首联“南来双燕穿雷电，软语寻巢满院春”，用双燕穿雷、软语寻巢，生动形象地把春分节气气候特征、双燕乔迁共筑新家的画面描绘出来。其次是揭示了春分节气物候的特征，颔联“夜运日行时各半，西寒东暑春平分”，用简洁的语言把春分节气既平分昼夜，又平分春季的特征准确表达出来了。再次是表现景与农事、人文的交融。颈联“鸟鸣麦起精耕务，祭日奠先念祖根”，把农民春季开始农忙和人们祭祖这个传统习俗做了个缩影。最后是情理交融，揭示出全诗富有人生哲理的主题。尾联“万物静观皆有得，人间成事在于勤”，主要突出“勤”字，从古到今，中华民族振兴的真谛是“天道酬勤”。《春分》从头到尾贯穿这个“勤”字，空中的燕子勤快筑巢，麦田中的农民抓住时机辛勤播种，都体现了“勤”字。这首七言律诗看似平实，实际上语言生动简洁优美，颔联、颈联和尾联都是工整对仗的联句，使读者读起来清新爽口，回味不绝。

名家点评

中国书协原副主席、中国书协顾问申万胜评价：赵学敏先生的自作二十四节气诗书，可以说是以实际行动来贯彻习总书记提出的弘扬传统文化，弘扬中国精神的使命。这个展览从年轻人角度看是传统文化的回归，对学习传统文化起到很好的作用。我们有段时间重视西方文化，重视现代文化,对老祖宗留下来的东西重视不够。习总书记非常重视弘扬传统文化，党的十八大以来不断强调传承中华民族优秀传统文化，这是我们的根，是中华民族不断前行的深厚的基础和强大的精神动力。看了学敏先生围绕二十四节气创作的这组作品，总体上，我对他的看法有三个。

第一，学敏先生有浓厚的家国情怀。无论是从政还是学书，在位或退休，他始终保持着一种浓厚的家国情怀，他从政为老百姓办事，退休后，进入书法领域，他不是为书法而书法，为写字而写字，把书法艺术和他几十年的从政经验结合起来，继续拓展他在位时的事业。他开辟另外一个新

特足中也之二去
耕新務日前
乃何人曾住而至

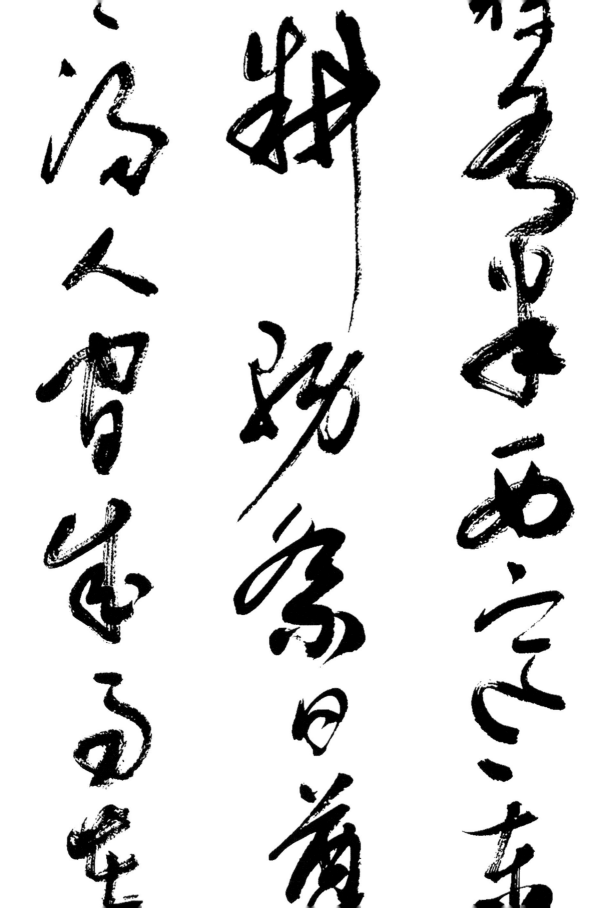

的渠道，搭建新的平台，搞野生动物保护、搞林业绿化工作。他这种家国情怀就是一种灵魂，在不同岗位、不同层面，共同为实现中国梦，为我们中华民族复兴尽一份力量，这是难能可贵的，值得我们学习。

第二，他是一个在书艺上有不断追求的书家。他从小就喜欢书法，不断学习，从来不满足，不断在研究、探索，走到今天。他从一位书家进入了专业书法领域，这是他几十年长期学习积累的结果，所以，他今天展现出来二十四节气诗书有源头、有看头、有学头。他的书法自然拙朴，人如其书，不张扬、不夸张，路子正、书风正。所以他的书法源于于右任，同时走碑帖融合的路子，所以他的线条结实、扎实、厚重，既有于右任的东西，也有二王的东西，结合自己特点，探索走出自己的风格和路子，所以，源于于右任书法，同时结合他自己对于右任先生书法的理解、对碑帖的理解，融入他自己的书法当中，无论大字小字，他的草书、楷书，既有一种精神气，又有一种书卷气，他在这两点的探索中取得了很好的成果。他的书法雅俗共赏，具有传统功底，又有对现代审美的这种理解，碑帖融合，走自己的路子，建一个方向，再去努力。所以今天展示出来的二十四节气诗书很全面，楷书、隶书、大楷、小楷、行楷和行草都有。看得出涉猎方面很广泛，视野很开阔。所以，我说他是一个在书法艺术上不断追求探索的书家，相信学敏先生还会不忘初心，继续前行。

第三，他人品如书体、德艺双馨。他虽然是部级高官，但从来没有架子，每次去看他的作品，他总是要你给他指出问题在哪里，便于自己改进，经常和朋友一起研究探讨。他的书品和人品在书界也是有口碑的，所以他在人品和书品上都注重内外双修，讲究德艺双馨，在书界树立了榜样。

春分习俗

春分的民间习俗很多，而且多与品尝时鲜蔬菜、进行户外活动有关。

陪同中国文联书记处书记陈建文、中国书协顾问申万胜参观书画展

宋代的欧阳修在一阕《阮郎归》的咏春词中对春分描述道："南园春半踏青时，风和闻马嘶，青梅如豆柳如眉，日长蝴蝶飞。"春分是春意融融的时节。

1. 放风筝

放风筝是春分传统习俗，是很古老的春季娱乐活动。春分期间，孩子们喜欢放风筝，大人们也会参与其中。

2. 吃春菜

"春菜"是一种野苋菜，乡人称之为"春碧蒿"。逢春分那天，人们都去采摘春菜。采回的春菜与鱼片"滚汤"，名曰"春汤"。有顺口溜道："春汤灌脏，洗涤肝肠。阖家老少，平安健康。"

3. 送春牛

春分时出现挨家送春牛图的。其图是把二开红纸或黄纸印上全年农历节气，还要印上农夫耕田图样，名曰“春牛图”。送图者都是些民间能言善唱者，主要说些春耕和不违农时的话，每到一家即景生情，见啥说啥，言辞虽随口而出，却句句有韵动听，俗称“说春”，说春人叫“春官”。

4. 犒劳耕牛、祭祀百鸟

江南地区流行犒劳耕牛、祭祀百鸟的春分习俗。春分已至，耕牛即开始一年的劳作，农人以糯米团喂耕牛表示犒赏；祭祀百鸟，一则感谢它们提醒农时，二是希望鸟类不要啄食五谷，祈祷丰年。

5. 竖蛋

传说，春分这天最容易把鸡蛋立起来。据史料记载，春分立蛋的传统起源于4000年前的中国，人们以此庆祝春天的来临。现在每年春分，世界各地都会有人做“竖蛋”试验，这个被称为“中国习俗”的玩意儿成为“世界游戏”。

6. 春祭

二月春分，开始扫墓祭祖，也叫春祭。春分扫墓开始时，最迟清明要扫完。

7. 祭日

春分祭日源于周代。《礼记》：“祭日于坛。”孔颖达疏：“谓春分也。”因而这一春分习俗便流传下来。清潘荣陛《帝京岁时纪胜》记载：“春分祭日，秋分祭月，乃国之大典，士民不得擅祀。”

春分养生

由于春分这天正好昼夜平分，阴阳各半，此时的节气特点是阴阳平衡，故养生也要顺应此时的节气特点，要讲求“平和”，以和为贵，以平为期。《素问·骨空论》记载：“调其阴阳，不足则补，有余则泻。”实践证明，无论补或泻，都应坚持调整阴阳，以平为期的原则，科学地进行饮食保健，才能有效地防治很多非感染性疾病。

1. 预防倒春寒，勿急减衣

春分时节，乍暖还寒，日夜温差仍较大，不时有寒流侵袭，因此，减衣不宜过早过多，以防着凉感冒。气象资料显示，春分时节，常有低压活动和气旋发展，低压移动引导冷空气南下，北方地区多大风和扬沙天气。

2. 调养肠胃，多食春令蔬菜

春分养生原则应减少肠胃负担，养肝当首。饮食宜清淡而甘甜，多吃时令新鲜蔬菜有利于洗涤肝肠，保持健康的状态。

3. 调理情志，多晒太阳

春分阳气已经比较强壮，万物复苏，生物们也都活跃起来，各种病菌在这一时节繁殖很快，所以要注意调理情志，多晒太阳，以利祛散寒邪。

清明三候

○ 一候桐始华。

清明来到，白桐花开，清芬怡人。

○ 二候田鼠化为鴽（鹌鹑之类）。

田鼠因烈阳之气渐盛而躲回洞穴，喜爱阳气的鸟儿则开始出来活动了。

○ 三候虹始见。

清明时节多雨，故而彩虹出现。

二十四节气之

清明

○每年4月4～6日，太阳位于黄经15°时是清明节气，清明是二十四节气中的第五个节气。《月令七十二候集解》：『三月节。……物至此时，皆以洁齐而清明矣。』

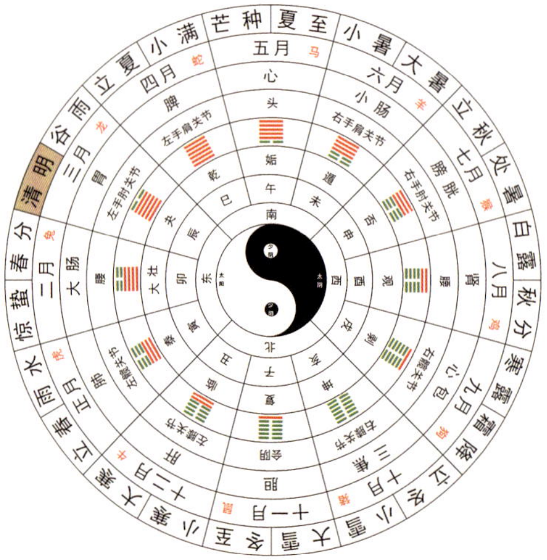

春	立春 *Spring begins* 02月03 ~ 05日	雨水 *The rains* 02月18 ~ 20日	惊蛰 *Insects awaken* 03月05 ~ 07日
	春分 *Vernal equinox* 03月20 ~ 22日	清明 *Clear and bright* 04月04 ~ 06日	谷雨 *Grain rain* 04月19 ~ 21日
夏	立夏 *Summer begins* 05月05 ~ 07日	小满 *Grain buds* 05月20 ~ 22日	芒种 *Grain in ear* 06月05 ~ 07日
	夏至 *Summer solstice* 06月21 ~ 22日	小暑 *Slight heat* 07月06 ~ 08日	大暑 *Great heat* 07 月22 ~ 24日
秋	立秋 *Autumn begins* 08月07 ~ 09日	处暑 *Stopping the heat* 08月22 ~ 24日	白露 *White dews* 09月07 ~ 09日
	秋分 *Autumnal equinox* 09月22 ~ 24日	寒露 *Cold dews* 10月08 ~ 09日	霜降 *Hoar-frost falls* 10月23 ~ 24日
冬	立冬 *Winter begins* 11月07 ~ 08日	小雪 *Light snow* 11月22 ~ 23日	大雪 *Heavy snow* 12月06 ~ 08日
	冬至 *Winter solstice* 12月21 ~ 23日	小寒 *Slight cold* 01月05 ~ 07日	大寒 *Great cold* 01月20 ~ 21日

清明　陈远山 摄

每年4月4～6日，太阳位于黄经15°时是清明节气，清明是二十四节气中的第五个节气。《月令七十二候集解》:“三月节。……物至此时，皆以洁齐而清明矣。”

清明又名“三月节”或“踏青节”。《历书》:“春分后十五日，斗指丁，为清明，时万物皆洁齐而清明，盖时当气清景明，万物皆显，因此得名。”清明，乃天清地明之意。《淮南子·天文训》中说:“春分后十五日，斗指乙，则清明风至。”《岁时百问》中记载:“万物生长此时，皆清洁而明净，故谓之清明。”

清明是表征春季物候特点的节气，含有天气晴朗、草木繁茂的意思，也是我国重要的民间传统“八节”（春节、元宵、清明、端午、中元、中秋、冬至和除夕）之一。清明节起源于周代的“墓祭”之礼，距今已有二千五百多年的历史。每年此日，举国朝野，无论天子凡夫，都要祭祖扫墓，

清風習習撫蒼生
鳥語如琴聽曉鶯
勝日踏青留倩影
蒔田下種盼年豐
柳枝綻綠飄絛帶
桃萼舒紅笑晚風
往者追思崇孝悌
人間永遠敬清明

清明 三原趙學敏

这是中华民族通行的风俗。清明既有慎终追远的怀古情怀，又有赏春览景的欢娱气氛。

清明一到，气温升高，雨量增多，正是春耕春种的大好时节。“清明前后，种瓜点豆”、“植树造林，莫过清明”的农谚，表明这个节气与农业生产有着密切的关系。

清明节气在冬至节气后的第108天，在古人的观念里，108是代表完满、吉祥、久远、高深的大数，把清明放在冬至后第108天，是有很深的含义的。清明的得名，既是节气物候变化、时令顺序的标志，太阳此时照射地球表面，温暖和煦，万物生长清洁明净，也是缘于清新的太阳，流转于这一时期天地之间清新的阳气。

2013年，清明节被列入第一批国家级非物质文化遗产名录。千百年来，中华儿女在这一天纪念祖先，各地各民族祭祖习俗长盛不衰。

清　明

清风习习抚苍生，鸟语如琴听晓莺。
胜日踏青留倩影，莳田下种盼年丰。
柳枝绽绿飘绦带，桃萼舒红笑晚风。
往者追思崇孝悌，人间永远敬清明。

诗文赏析

赵学敏先生《清明》一诗采用借景抒情的手法，用生动形象的比兴和优美的语言，把清明这个节气、节日合一的时令描述得活灵活现，既反映了节气的特点，又烘托了节日的气氛。首联“清风习习抚苍生，鸟语如琴听晓莺”，用词优雅甜美，给人一种无边的遐想，让人联想到近几年来肃贪倡廉，整个社会空气清新，天清地明的景象。和清明节气春意盎然、生机勃勃，老百姓纷纷外出踏青的兴致互相映衬，诗的意境格外鲜明。尤其颈联“柳枝绽绿飘绦带，桃萼舒红笑晚风”两句，遣词造句，形象鲜活，工整对仗，是极好的联句，把清明节气、节日特色描绘得出神入化。最后点出了清明作为节日、节气独有的特点，传承了几千年祭祖扫墓，反映了中国人不忘初心、不忘根本的传统美德。

名家评论

中国艺术研究院副院长兼中国非遗保护中心副主任王福州评价：二十四节气将天文、物候、农事、民俗完美结合，千百年来一直被我国人民所沿用，尤其在追求“生产、生活、生态”三生共赢、力求建设美丽中国的今天，二十四节气所蕴含的古老智慧深有价值。二十四节气申遗，不仅为了加入联合国非遗名录，而且为了提高人们对文化遗产的重视，为了更好地传承其蕴含的文化传统。赵学敏先生的二十四节气诗书，不只是书法艺术本身，它是站在文化层次，围绕二十四节气的创作，把传统文化传承弘扬，并不断衍生出新的文化形态，加强了精神产品与社会生产的对接，引导传统文化经典主动而有序、积极而稳妥地走进公共文化服务领域。

著名评论家、《书法导报》副总编缉孟会祥评价：赵学敏先生《清明》作品，其用笔出入碑帖，首重深刻，次求灵动，乃以碑求骨，以帖求神。线条裹锋杀纸，如洪流决岸，沉酣磅礴，显然来自碑学素养。字间提携映带，笔致婉转多姿，可谓来自山阴。赵学敏先生学于右任，也并非谨守宗师，不敢越雷池一步。于右任用笔，在浑厚的基调下，暗寓八面，放逸恣肆，不可方物；学敏先生则中锋为主，务求沉实，基本上用“篆引”之法。于右任字法中宫开阔，因松而宕，因宕而逸，随势成形，不拘一格。他在创

中国书协主席苏士澍、中国文联原副主席覃志刚、中国艺术研究院原院长连辑参观赵学敏自作的二十四节气诗书

立标准草书时，务求简练，因笔画至简，又字字独立，所以拓得开、收得往，在简净中求丰富。学敏先生则中宫紧收，多作正局，纵行取势，一拓直下。他的结构意识中，掺入了一些唐楷的森严感。因此，若论指挥如意，人书俱老，无瑕可指，学敏先生二十四节气书作固然还不能比肩前贤，然而，他能够做到大字草书使转无碍，浑厚中见静气，既有整幅作品的震撼力，又有笔法、字法、章法的严密精到，已然得鱼忘筌，有自己的独立面貌。

清明习俗

清明习俗丰富多彩，家家蒸清明粿互赠，不仅讲究禁火寒食（清明节前一天为寒食节），还有踏青、荡秋千、蹴鞠、打马球、插柳等一系列体育活动。

1. 祭祖

清明节由古人禁火冷食的寒食节，相传到春秋时期，晋文公为了纪念介子推，将寒食节又定为清明节，主要的纪念仪式是扫墓，扫墓是慎终追远、敦亲睦族及行孝的具体表现，清明节因此成为华人的重要节日。

2. 植树

清明前后，春阳照临，春雨飞洒，种植的树苗成活率高，成长快。因此，自古以来，我国就有清明植树的习惯，植树风俗一直流传至今。1979 年全国人大常委会规定，每年 3 月 12 日为我国植树节。这对动员全国各族人民积极开展绿化祖国活动，有着十分重要的意义。

3. 踏青

踏青又叫春游。古时叫探春、寻春等。三月清明，春回大地，自然界到处呈现一派生机勃勃的景象，正是郊游的大好时光。我国民间长期保持着清明踏青的习惯。

4. 放风筝

放风筝是清明时节人们喜爱的活动。不仅白天放，夜间也放。夜里在风筝下或风筝拉线上挂上一串串彩色的小灯笼，像闪烁的明星，被称为“神灯”。

5. 荡秋千

这是我国古代清明节习俗。荡秋千不仅可以增进健康，而且可以培养勇敢精神，至今为人们特别是儿童所喜爱。

6. 蹴鞠

蹴鞠就是用足去踢球。这是古代清明节时人们喜爱的一种游戏，相传是黄帝发明的，最初目的是用来训练武士。

清明养生

清明是清气上升的时节。《黄帝内经·素问·阴阳应象大论》中写道：

"寒气生浊，热气生清。" 从立春到清明整 60 天，其间经过雨水、惊蛰、春分，大地渐暖到了清气上升的时候。

1. 预防春困不可少，顺应时节科学锻炼

春天风和日丽，人多会感到困倦。春天犯困不是需要更多的睡眠，而是因体内循环季节性差异。春季锻炼，肌肉不停地收缩，呼吸加深，新陈代谢旺盛，使整个身体的健康状况得到改善。所以，身体精神，手脚利索，不容易疲劳。

2. 清明前后，适当"春捂"

清明节前后，因气候变化多端，早晚温差大，应该准备一件可以随时穿脱的外套。

3. 饮食清补，养血舒筋

清明时节，有些地方还保留着清明禁火吃冷食的习惯。但是，清明时节饮食宜温，有些人不适合吃冷食的，要适当补益，养血舒筋最为重要，饮食要清淡，应定时定量，限盐，补钾，以清补为主，以防上火。

4．心情舒畅

清明是踏青扫墓、追悼先人的祭祀节日。在祭祀先人，缅怀祖德的同时，也要注意情绪的控制，否则有些人容易触景伤情，产生悲观等不良的情绪。

5. 清明多饮菊花茶

清明时节，天气温暖、阳气生发，菊花茶具有疏散风热、清肝明目功效，不但可以养肝利胆、疏通经脉，还可借此将一个冬季积存在体内的寒邪散发。

谷雨三候

〇一候萍始生。

谷雨后降雨量增多，浮萍开始生长。

〇二候鸣鸠拂其羽。

布谷鸟开始提醒人们播种了。

〇三候戴胜降于桑。

桑树上开始见到戴胜鸟。

二十四节气之

谷雨

○每年4月19～21日，太阳位于黄经30°时是谷雨节气，谷雨是二十四节气中的第六个节气。《月令七十二候集解》载：『三月中。自雨水后，土膏脉动，今又雨其谷于水也。雨读作去声，如雨我公田之雨。盖谷以此时播种，自上而下也。』

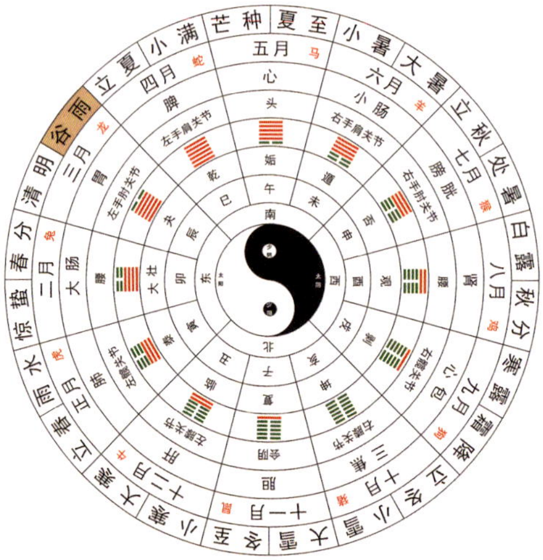

春	立春 *Spring begins* 02月03 ~ 05日	雨水 *The rains* 02月18 ~ 20日	惊蛰 *Insects awaken* 03月05 ~ 07日
	春分 *Vernal equinox* 03月20 ~ 22日	清明 *Clear and bright* 04月04 ~ 06日	谷雨 *Grain rain* 04月19 ~ 21日
夏	立夏 *Summer begins* 05月05 ~ 07日	小满 *Grain buds* 05月20 ~ 22日	芒种 *Grain in ear* 06月05 ~ 07日
	夏至 *Summer solstice* 06月21 ~ 22日	小暑 *Slight heat* 07月06 ~ 08日	大暑 *Great heat* 07 月22 ~ 24日
秋	立秋 *Autumn begins* 08月07 ~ 09日	处暑 *Stopping the heat* 08月22 ~ 24日	白露 *White dews* 09月07 ~ 09日
	秋分 *Autumnal equinox* 09月22 ~ 24日	寒露 *Cold dews* 10月08 ~ 09日	霜降 *Hoar-frost falls* 10月23 ~ 24日
冬	立冬 *Winter begins* 11月07 ~ 08日	小雪 *Light snow* 11月22 ~ 23日	大雪 *Heavy snow* 12月06 ~ 08日
	冬至 *Winter solstice* 12月21 ~ 23日	小寒 *Slight cold* 01月05 ~ 07日	大寒 *Great cold* 01月20 ~ 21日

谷雨　张德治 摄

每年 4 月 19 ~ 21 日，太阳位于黄经 30° 时是谷雨节气，谷雨是二十四节气中的第六个节气。《月令七十二候集解》载:“三月中。自雨水后，土膏脉动，今又雨其谷于水也。雨读作去声，如雨我公田之雨。盖谷以此时播种，自上而下也。”这时天气温和，雨水明显增多，对谷类作物的生长发育关系很大。雨水适量有利于越冬作物的返青拔节和春播作物的播种出苗，古代所谓“雨生百谷”，反映了“谷雨”的现代农业气候意义。但雨水过量或严重干旱，则往往造成危害，或影响后期产量。

谷雨时节，南方地区“杨花落尽子规啼”，柳絮飞落，杜鹃夜啼，牡丹吐蕊，樱桃红熟，自然景物告示人们：时至暮春了。这时，南方的气温升高较快，一般 4 月下旬平均气温，除了华南北部和西部部分地区外，已达 20 ~ 22℃，比中旬增高 2℃以上。华南东部常会有一两天出现 30℃以上的高温，使人开始有炎热之感。低海拔河谷地带也已进入夏季。此时，

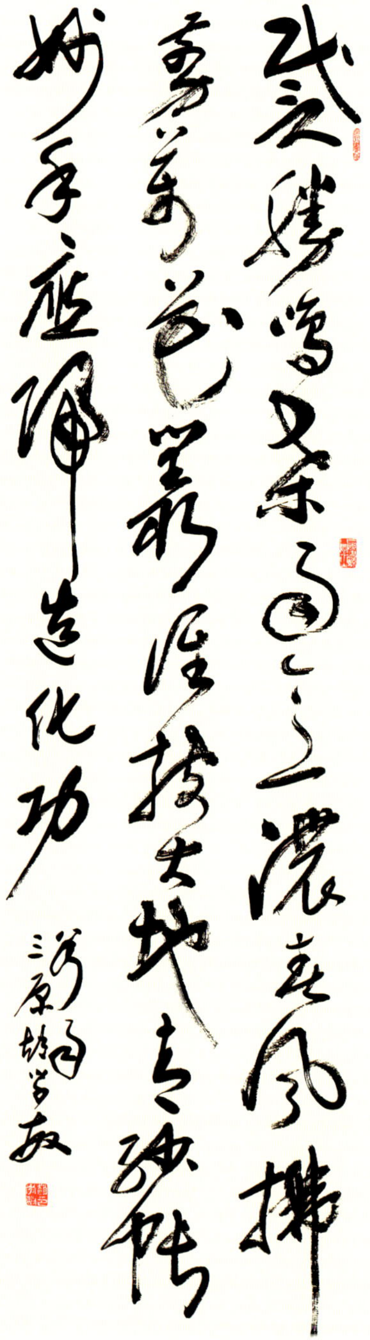

我国南方大部分地区东部这时雨水较丰，常年4月下旬雨量约30～50毫米，每年第一场大雨一般出现在这段时间，对水稻栽插和玉米、棉花苗期生长有利。但是华南其余地区雨水大多不到30毫米，需要采取灌溉措施，减轻干旱影响。西北高原山地，仍处于干季，降水量一般仅5～20毫米。

谷雨是春季的最后一个节气，在黄河中下游，农民都知道“春雨贵如油”。“清明断雪,谷雨断霜”,谷雨节气的到来意味着寒潮天气基本结束，气温回升加快，大大有利于谷类农作物的生长。我国大部分地区进入了春种春播的关键时期，是播种移苗、埯瓜点豆的最佳时节。谷雨时气温偏高，阴雨频繁，会使三麦病虫害发生和流行。广大农村要根据天气变化，搞好三麦病虫害防治。

谷　雨

戴胜鸣桑雨意浓，春风拂剪万花丛。
谁披大地青纱帐？妙手应归造化功。

诗文赏析

赵学敏先生《谷雨》一诗，用简洁生动、形象感人的语言对谷雨节气的天气特征、物候变化、自然景观进行刻画和描写，虽然只有28个字，却把谷雨节气活生生地表现出来，读后使人内心折服，拍手叹“妙”！起承两句“戴胜鸣桑雨意浓，春风拂剪万花丛”，用语精工，修辞别致，一个“浓”，一个“剪”字，进行人性化、动态化描述，把谷雨前后润雨如酥，春意盎然，百花萌动，描绘得十分传神。转合两句“谁披大地青纱帐？妙手应归造化功”，采用拟人设问的笔法，既点明整首诗的主题，又把诗前两句的意境推向高潮，突出了给大地披上绿装，穿上花衣裳，是广大劳动人民辛勤劳动、巧夺天工的结果。

名家点评

中国书协主席苏士澍评价：二十四节气是华夏民族历经千百年的实践创造出来的宝贵科学遗产和智慧的结晶，它既是一个科学知识体系，而且也是农业生产、天文气象和人类养生的指南。联合国教科文组织宣布我国二十四节气列入世界非物质文化遗产名录，这是对我们中华民族文化的肯定和弘扬。二十四节气在当代仍然具有强大的生命力，对我们当前现实生产、生活和文化发展都有指导意义。二十四节气也是丰富的传统文化，我们现在的许多节日、民俗文化等，都是从二十四节气中演变发展来的。赵学敏先生的二十四节气诗书是一个创造，古人只是就某个节气赋诗或书写书法作品，没有二十四节气系统的诗书，学敏先生用诗书完整地描写了二十四节气。今天看学敏先生的二十四节气诗书展览很有启发，二十四节气用诗词、书法形式表现出来，还说明书法和我们的生活息息相关，我们不能把书法脱离百姓生活，要紧密地结合。所以，学敏先生给我们做了一个表率。学敏先生《谷雨》一诗，平仄合适，感情很真挚，以生动语言把自然与环境、与人文、与生活、与传统融合；再用书法形式表现出来，从笔法，到结构，再到内容浑然一体。这就是书法和我们的生活，和我们的感情相融合。习主席再三强调：艺术要为人民服务。艺术应当坚持以人民为中心的创作导向，学敏先生在这方面给我们书法家树立了榜样，我们应当好好地去接近大自然，好好地去接地气，去为人民服务，积极响应习主席的号召，这样才能有所作为，才能从高原走向高峰。

中国书协分党组书记、驻会副主席陈洪武评价：这个展览别具风采，今天看了后特别有收获，过去对二十四节气了解甚少，而学敏先生用诗歌形式把二十四节气深刻的文化内涵表达出来，每一首都是那么独到，刚才他分别把24幅诗书一一解读，一边欣赏书法，一边析读诗歌内涵，真的是与众不同。作为一个书法展，这个点选得很独到，提升了它的诗意。还有一个特别独到的地方，真行隶草，每一种书体都有，不只有四尺整纸这样的大纸表现，还有日常手札式的，随手拈来，自然清新，这是自己的生活状态，充满诗意。而且，他整个展览当中还有几幅比较雄壮、豪阔的有于右任韵味特质的大字作品，看后很震撼。这样的展览，从整体的寓意，经过艺术上的锤炼、打磨，然后再呈现给观众，这里面渗透着一位书家长期不断的探索。我为学敏先生感到高兴。看到他在艺术上不断地精进和追求，达到人书俱老，就像在草书中表达的一种特质，老辣、苍茫。他把人生的阅历自然融化在点线之中。这次展览最丰富的一个视角就是他的楷书，魏碑楷书是我第一次看到，这样的一种书体呈现自己的作品，这方面他下了很深的功夫。平时看到他满面春风，很热情，爽朗，其实在家里面把自己关起来，很沉着地投入自己的专业当中去。大家都知道他是领导，他为书法事业到处奔走，比方说中国书法馆建设、中小学书法进课堂，他都不遗余力，充分发挥他政协委员的职能，联络各方来推动这方面工作进展，让我们内心非常的崇敬。但他不停留于此，他繁忙的工作之外，更重要的是热爱自己的书法,我看到一进门那幅“梦想成真”的大字作品，是他发自内心的，他认为书法是他的梦，而诗歌是他梦想当中重要的支撑，今天呈现给大家，又这样的别具风采，为他而高兴。希望他在这样的艺苑里，走得高阔浑远。

谷雨习俗

谷雨是传统的农令节日，民间称之为“谷雨节”，我国各地流传着许多奇特有趣的节日习俗，散发出独特的魅力，也寄托了人们对美好幸福生活的渴望。

1. 杀五毒

谷雨节流行禁杀五毒的习俗。五毒是指蝎子、蛇、壁虎、蜈蚣、蟾蜍。谷雨以后气温升高，病虫害进入高繁衍期，为了减轻虫害对作物及人的伤害，农家一边进田灭虫，一边张贴谷雨贴，进行驱凶纳吉的祈祷。

2. 渔家祭海、谷雨摘茶

渔家有谷雨节祭海习俗。谷雨时节正是下海捕鱼的好日子，为了能够出海平安、满载而归，谷雨这天渔民要举行海祭，祈祷海神保佑。南方谷雨有摘茶习俗，传说谷雨这天的茶喝了会清火、辟邪、明目，所以谷雨这天不管是什么天气，人们都会去茶山摘一些新茶回来喝。

3. 食香椿

北方有谷雨食香椿习俗。谷雨前后是香椿上市的时节，这时的香椿醇香爽口营养价值高，有“雨前香椿嫩如丝”之说。香椿具有提高机体免疫力，健胃、理气、止泻、润肤、抗菌、消炎、杀虫之功效。

4. 祭祀仓颉

仓颉造字的成功，大大推进了社会的发展和人类的进步。人们把祭祀仓颉的日子定为下谷雨的那天，也就是现在的谷雨节。

5. 走谷雨、赏牡丹花

古时有“走谷雨”的风俗，谷雨这天青年妇女或走村串亲，或到野外走一圈就回来，寓意与自然相融合，强身健体。谷雨前后正是牡丹花开的重要时段，“谷雨三朝看牡丹”，谷雨时节赏牡丹的习俗已绵延千年。

谷雨养生

谷雨是春季最后一个节气，这个时候正值换季时节，空气潮湿，柳絮飞舞，谷雨养生对我们每个人来说，也是很重要的。

1. 生活起居顺应时令

民谚称“清明断雪，谷雨断霜”，谷雨之后，气温不会再大起大落，早晚温差也会逐渐缩小，天气会真正地变得暖和起来。

2. 少吃燥热物

春夏要少食酸性和辛辣刺激的食物，否则会使肝火更旺，伤及脾胃。

3. 晨起喝杯水

暮春气候复杂，此时人体就容易流失水分，抵抗力下降，容易诱发、加重感冒与很多慢性病。这个时候“补”水很重要。晨起喝水不仅可补充因代谢失去的水分、洗涤已排空的肠胃，还可有效预防心脑血管疾病的发生。

4. 早睡早起，运动强身

春宜早起，晨曦初露之时，静心清神。运动能提高身体新陈代谢，增加出汗量，达到“除湿”效果，但不要过度出汗，以免阳气外泄。

立夏三候

○一候蝼蝈鸣。

可听到蝲蝲蛄（即蝼蝈）在田间的鸣叫声（一说是蛙声）。

○二候蚯蚓出。

蚯蚓生活在潮湿阴暗的土壤中，当阳气愈盛，蚯蚓也掘土而出。

○三候王瓜生。

王瓜的蔓藤开始快速攀爬生长。

二十四节气之

立夏

○每年5月5～7日，太阳位于黄经45°时是立夏节气，立夏是二十四节气中的第七个节气，也是夏季的第一个节气，表示盛夏时节的正式开始。斗指东南，维为立夏，万物至此皆长大，故名立夏也。

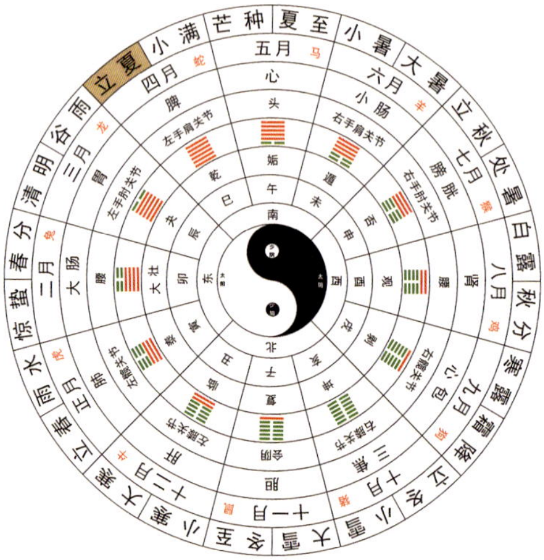

春	立春 *Spring begins* 02月03～05日	雨水 *The rains* 02月18～20日	惊蛰 *Insects awaken* 03月05～07日
	春分 *Vernal equinox* 03月20～22日	清明 *Clear and bright* 04月04～06日	谷雨 *Grain rain* 04月19～21日
夏	立夏 *Summer begins* 05月05～07日	小满 *Grain buds* 05月20～22日	芒种 *Grain in ear* 06月05～07日
	夏至 *Summer solstice* 06月21～22日	小暑 *Slight heat* 07月06～08日	大暑 *Great heat* 07 月22～24日
秋	立秋 *Autumn begins* 08月07～09日	处暑 *Stopping the heat* 08月22～24日	白露 *White dews* 09月07～09日
	秋分 *Autumnal equinox* 09月22～24日	寒露 *Cold dews* 10月08～09日	霜降 *Hoar-frost falls* 10月23～24日
冬	立冬 *Winter begins* 11月07～08日	小雪 *Light snow* 11月22～23日	大雪 *Heavy snow* 12月06～08日
	冬至 *Winter solstice* 12月21～23日	小寒 *Slight cold* 01月05～07日	大寒 *Great cold* 01月20～21日

立夏　张德治 摄

每年 5 月 5 ~ 7 日，太阳位于黄经 45° 时是立夏节气，立夏是二十四节气中的第七个节气，也是夏季的第一个节气，表示盛夏时节的正式开始。斗指东南，维为立夏，万物至此皆长大，故名立夏也。

《月令七十二候集解》：“立夏，四月节。立字解见春。夏，假也。物至此时皆假大也。”立夏节气在战国末年（公元前 239 年）就已经确立了，在天文学上，立夏预示着季节的转换，为夏季开始的日子。人们习惯上都把立夏当作是温度明显升高，炎暑将临，雷雨增多，农作物进入生长旺季的一个重要节气。

立夏时节我国只有福州到南岭一线以南地区是真正的“绿树阴浓夏日长，楼台倒影入池塘”的夏季，东北和西北的部分地区这时则刚刚进入春季，全国大部分地区平均气温在 18 ~ 20℃之间，正是“百般红紫斗芳菲”的仲春和暮春季节。

青蛙躍立綠荷裙蚯蚓耕田格外勤麥海
波翻騰碧浪油花潮涌滚黄金蒼柯繁茂
菜蔬美芳草葳蕤佳菓珎最是莊稼見日
長累在田間喜在心

立夏 三原赵学敏

立夏以后，江南正式进入雨季，雨量和雨日均明显增多，连绵的阴雨不仅导致作物的湿害，还会引起多种病害的流行，应及时采取必要的增温降湿措施，并配合药剂防治，以保全苗争壮苗。华北、西北等地气温回升很快，但降水仍然不多，加上春季多风，蒸发强烈，大气干燥和土壤干旱常严重影响农作物的正常生长。尤其是小麦灌浆乳熟前后的干热风更是导致减产的重要灾害性天气，适时灌水是抗旱防灾的关键措施。

立　夏

青蛙跃立绿荷裙，蚯蚓耕田格外勤。
麦海波翻腾碧浪，油花潮涌滚黄金。
苍柯繁茂菜蔬美，芳草葳蕤佳果珍。
最是庄稼见日长，累在田间喜在心。

诗文赏析

赵学敏先生《立夏》一诗，抓住了立夏节气万物萌发生长时期，对这期间动植物和农作物的观察仔细，对表现突出的描绘具体逼真，而且动静结合，活灵活现，给人以直观和蓬勃生机的意象。前三联对仗工整，抑扬顿挫，富有动态感。首联“青蛙跃立绿荷裙，蚯蚓耕田格外勤”采用拟人手法，近距离地描写青蛙、蚯蚓这些小生物，给立夏节气一个特写镜头，既生动准确又富有情趣。颔联“麦海波翻腾碧浪，油花潮涌滚黄金”，生动形象地描绘了田间小麦、油菜花被春风吹拂后的起伏连绵的景象。颈联“苍柯繁茂菜蔬美，芳草葳蕤佳果珍”，对苍柯、菜蔬、芳草、佳果进行远距离的扫描，在读者面前展开了生机盎然的画面。这三联既有动物描写，又有植物描述，既有远景概括，又有近景特写，有动有静，把立夏节气描绘得直观生动，读者看完后面前立刻会呈现一幅优美的田园风光的画面。尾联“最是庄稼见日长，累在田间喜在心”，是整首诗的总结，“见日长”是前面景物描写的核心，突出大自然万物生长靠太阳，“喜在心”描写农民虽然在田间劳动很辛苦，但看到丰收的希望，内心喜悦。

名家点评

中国书协顾问、清华大学教授、博士生导师言恭达评价：今天的二十四节气展览非常好。我们中华民族有悠久的农耕文明、礼乐生活，十分注重天地人之间的关系。古人讲“天能生人，人能弘道”。要弘道必须是要遵守“天意”，按照发展规律来进行。几千年以来积累沉淀的生产方式和生活方式中已形成了二十四节气，对今天的生活有着巨大的传承性和推动力。从今天学敏先生的身上就表现出来人性的光辉、治学的严谨和对社会的大爱精神。今天他的二十四节气诗书，花了三年多时间，这种学而不厌的精神，值得我们认真学习。今天，学敏先生的二十四节气诗书艺术展览已成为当下的一个文化现象。这个文化现象，它的内质是什么？从学敏先生来说，他的二十四节气诗反反复复地修改，也请了很多的诗家词家来赏析来修改，除了他严谨的治学态度以外，就是他的生活阅历。他的书法师从于三原于右任先生，现在已进入他的自由王国。在今天展览当中很多是在长期党政工作当中很随意地写的工作笔记、讲稿等，这个里边于体书法的内练和熟练已发挥成为他的今天的风格。他提倡人民书法、生活书法，包括他的海峡两岸的团团圆圆的书画情和各地湿地保护、生态建设的工作实践等，学敏先生通过了他的工作阅历，生活感悟、文化锤炼和境界的提升，从而追寻他的人文理想和专业精神，治学毅力和社会担当。

我有四个方面感悟。

第一，从他的诗书作品中可以看到在敬业公务中的宏阔思维。作为党的高级干部，学敏先生几十年来兢兢业业、勤政为民，他不但是敬业，更重要的是养成了一种宏阔思维，把社会的、经济的、文化的、生态的战略思维运用在工作中。

第二，在生活感悟中的人文实践。学敏先生非常重视对人民生活的感悟，这是他生命的底色。文学艺术发源于生活的最底层，才能保持民本思想的本色。他的诗书的艺术水平，从历史传承到时代创新，已经达到了相当的水平。我了解他的创作过程，包括对诗歌的反复修改、书法的不断研习，重要的是如何把这个生活感悟提升到人文实践高度，去反映这个伟大的时代与人民的生活。这是人文实践的终极目标。

第三，在文化繁荣中的导向引领。现在是中国文学艺术空前繁荣的时代。但在这种繁荣的社会化中出现了"文化泛化"现象。所谓泛化，就是对文艺本体的一种背叛与异化。追求表面的轰轰烈烈，违背艺术规律的粗制冒仿，任笔为体、聚墨成形、蔑视经典、舍本逐末、俗化传承。这种异化现象，学敏先生看在眼里，急在心中，他每次与我交谈，常表示作为一个有社会担当的艺术家一定要做个"引领者"。他做到了。其一，他写的书法内容，就像他二十四节气诗，一定要落地的，接地气，在人民生活中，反映我们从传统进入当代的一种新的气象，这就是我们书法内容的素材。其二，书法艺术从传统性到当代性，如何转换？这需要引领。其三，书法艺术的高度与内涵其终极指向是书家的人品，就是传递我们传统文化中的"仁"。仁者无疆，他通过自己的实践，响应习主席说的，为人民放歌，为人民抒情，为人民呼吁，为时代造像。这是一个书家最基本的神圣职责。

第四，在艺术创作中的学理标识。学敏先生自作诗的书法艺术的创作，有很强的学理性。这学理性就是艺术的本体性，需要一种哲学思辨。把中国传统的老庄哲学思维，通过艺术实践进行学理涵接。这里，我感觉到一种标识，这个标识，一个艺术家要立足于社会大环境，从国家文化战略发展高度来写诗、写书法，从这点来说，它的学理不是一般意义上对古人诗律与书艺传统的研究，更提倡的是在当下生活和艺术本体审美导向的综合思维。这样，他的诗书作品既有传统的规则与深度，又有时代的宽度、力度与温度，他不是冷酷无情的，而是以满腔热情为这个时代服务，真正找到了中华文化的根与魂。

立夏习俗

我国古来就很重视立夏节气，有很多民俗保留下来。

1. 迎夏仪式

古代，人们非常重视立夏的礼俗。立夏这天，古代帝王要率文武百官到京城南郊去迎夏，举行迎夏仪式。君臣一律穿朱色礼服，配朱色玉佩，连马匹、车旗都要朱红色的，以表达对丰收的祈求和美好的愿望。

2. 立夏称人

立夏吃罢中饭还有称人的习俗。人们在村口或台门里挂起一杆大木秤，秤钩悬一把凳子，大家轮流坐到凳子上面称人。

3. 立夏吃蛋

俗话说：“立夏吃了蛋，热天不疰（zhù）夏。”相传从立夏这一天起，天气晴暖并渐渐炎热，许多人特别是小孩子会有身体疲劳四肢无力的感觉，长期发热，食欲减退，逐渐消瘦，称之为“疰夏”。女娲娘娘告诉百姓，每年立夏之日，小孩子的胸前挂上煮熟的鸡鸭鹅蛋，可避免疰夏。因此，立夏吃蛋的习俗一直延续到现在。

4. 尝鲜

很多地方有“立夏尝鲜”之俗。中国的传统节日都与节令饮食相关联。立夏一般都在农历三月末四月初，这个时候春去夏来，樱桃红透，新笋登场，新鲜的果蔬开始上市，人们品尝时令食物，以求健康吉祥。

立夏养生

立夏养生宜养心，要好好提升心脏的心气，保护阳气。

1. 饮食宜清淡忌油腻

立夏过后，温度会逐渐攀升，人们就会觉得烦躁上火，食欲也会有所下降。宜采取“增酸减苦、补肾助肝、调养胃气”的原则，饮食应清淡，以易消化、富含维生素的食物为主。

2.“静养”消除烦躁不安

立夏后随着气温的逐渐升高，人们极易心神不安，好发脾气。立夏养生要做到“戒怒戒躁”，切忌大喜大怒，要保持精神安静，情志开怀，心情舒畅。

3. 晚睡早起，避免贪凉

夏季到来了，天气逐渐炎热，早晚温差较大，要适当添衣。睡眠方面也应相对晚睡、早起，以接受天地的清明之气，睡好“子午觉”，尤其要适当午睡，以保证饱满的精神状态以及充足的体力。

小满三候

○一候苦菜秀。

苦菜已经枝叶繁茂。

○二候靡草死。

喜阴的一些枝条细软的草类在强烈的阳光下开始枯死。

○三候麦秋至。

麦子开始成熟。

二十四节气之
小满

○ 每年5月20～22日，太阳位于黄经60°时是小满节气，小满是二十四节气中的第八个节气。《月令七十二候集解》：『四月中。小满者，物至于此小得盈满。』

春	立春 *Spring begins* 02月03 ~ 05日	雨水 *The rains* 02月18 ~ 20日	惊蛰 *Insects awaken* 03月05 ~ 07日
	春分 *Vernal equinox* 03月20 ~ 22日	清明 *Clear and bright* 04月04 ~ 06日	谷雨 *Grain rain* 04月19 ~ 21日
夏	立夏 *Summer begins* 05月05 ~ 07日	小满 *Grain buds* 05月20 ~ 22日	芒种 *Grain in ear* 06月05 ~ 07日
	夏至 *Summer solstice* 06月21 ~ 22日	小暑 *Slight heat* 07月06 ~ 08日	大暑 *Great heat* 07 月22 ~ 24日
秋	立秋 *Autumn begins* 08月07 ~ 09日	处暑 *Stopping the heat* 08月22 ~ 24日	白露 *White dews* 09月07 ~ 09日
	秋分 *Autumnal equinox* 09月22 ~ 24日	寒露 *Cold dews* 10月08 ~ 09日	霜降 *Hoar-frost falls* 10月23 ~ 24日
冬	立冬 *Winter begins* 11月07 ~ 08日	小雪 *Light snow* 11月22 ~ 23日	大雪 *Heavy snow* 12月06 ~ 08日
	冬至 *Winter solstice* 12月21 ~ 23日	小寒 *Slight cold* 01月05 ~ 07日	大寒 *Great cold* 01月20 ~ 21日

小满　张德治 摄

每年5月20～22日，太阳位于黄经60°时是小满节气，小满是二十四节气中的第八个节气。《历书》："斗指甲，为小满，万物长于此少得盈满，麦至此方小满而未全熟，故名也。"《月令七十二候集解》："四月中。小满者，物至于此小得盈满。"这时全国北方地区麦类等夏熟作物籽粒已开始饱满，但还没有成熟，约相当于乳熟后期，所以叫小满。

从气候特征来看，小满时节中国大部分地区已相继进入夏季，南北温差进一步缩小，降水进一步增多，自然界的植物都比较丰满和茂盛，小麦的籽粒逐渐饱满，夏收作物已接近成熟，春播作物生长旺盛，进入了夏收、夏种、夏管三夏大忙时期。在此期间全国的麦区一定要注意浇好"麦黄水"，抓紧麦田虫害的防治，以增强麦子的长势，同时还应采取一些有效的防风措施，预防干热风和突如其来的雷雨大风的袭击。南方宜抓紧水稻的追肥、耘禾，促进分蘖，抓紧晴天进行夏熟作物的收打和晾晒。

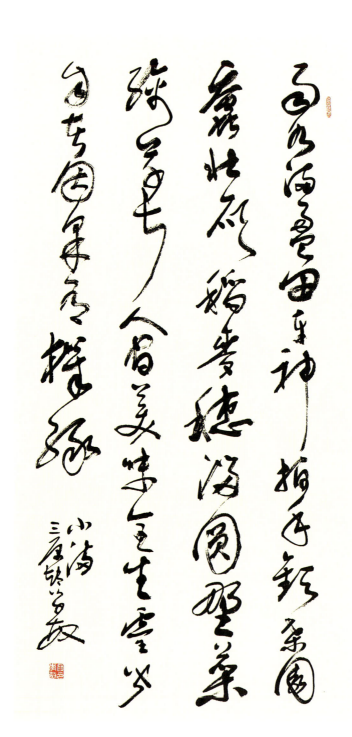

小满，是一年中最佳的季节；“小满”，也是人生最佳的状态。满，但不是太满；盛，但不是极盛。季节不可能停留在小满，它必将走进酷热的夏季，走进叶落霜飞的深秋，再走进肃杀的严冬。但人生的状态，可以尽力保持在“小满”的状态，这样，你会一直有富足感、幸福感，可以仍有发展的余地，不至于“满招损”。

小　满

雨水满盈田，车神拍手欢。
桑园蚕壮硕，稻麦穗溜圆。
野菜绵芊长，人间美味全。
生灵皆自在，因果有机缘。

诗文赏析

赵学敏先生《小满》诗和书法，体现了作者主张的诗书合璧、相映生辉的特点。诗文意境清新优美，属于典型的田园诗。书法灵动圆润，展现了鲜明的于体草书风格，但在结体和笔法上增加了帖学的夸张飘逸。如“神”、“长”等草法，使全篇布局显得神韵生动。读诗文、观书法作品，读者会明显感觉到诗书完美的结合，给人一种轻松欢快的心情。首联“雨水满盈田，车神拍手欢”，一个“满”字，一个“拍”字，把小满节气农田降雨灌溉场景，活生生地描绘出来了。民谚云:“小满不满，干断田坎”，农田里的庄稼需要充裕的水分，农民们忙着踏水车灌溉，似乎看到丰收的希望而喜悦。接着颔、颈两联“桑园蚕壮硕，稻麦穗溜圆。野菜绵芊长，人间美味全”，选用桑园的蚕虫、农田的稻麦、美味的野菜等特写镜头，抓住了小满时节最新鲜的景观，这些没有亲身体会是写不出来的。同时，引起人们的联想，尤其是野菜，红军长征时野菜是最好的食物，就是靠吃野菜红军才走完全程，反映人们对丰收充满期待、感激之情。尾联“生灵皆自在，因果有机缘”，采用佛家语录，阐明一个道理，每个生灵都是自由自在的，凡事讲究因果机缘。“小满”不是大满、自满，是人生最佳的状态，尽力保持在“小满”的状态，这样，既有富足感、幸福感，也有发展的余地，不至于“满招损”。

名家点评

中国书协秘书长郑晓华评价：从赵学敏先生这幅《小满》作品，可以看出他在书法方面有深厚的传统功底，这是他长期沉潜经典的结果。他非常尊重经典，经常去碑林学习，同时也向前辈求教。他的书法路子非常正，基本功非常扎实，是一位非常有造诣的大家。学敏先生之所以能在书法艺术方面取得现在的成就，除了在实践中尊重经典，多年沉潜经典之外，还和他非常重视书法史和书法理论，在学养方面有很丰富的积累有关。他大学学习中文，早年的知识结构就为他在书法艺术领域深入提供了一个很好的知识蓄养基础，所以他对碑学、帖学理解都比较深刻。他非常关注书法艺术的发展，他比较清晰自己思考的道路，他的书法就是接续于右任走的道路，就是融碑入帖，融帖入碑。他努力立足于碑帖融合这种观念，形成了他现在这种书学艺术道路。近几年，他逐渐从于体草书里面走出来这样一个倾向，努力寻求情景交融的行草语言。比如说，他这幅《小满》作品就是典型的碑帖融合，既有于体的浑圆厚重，又有帖学的飘逸灵动，逐渐形成自己的风格，我觉得这是一个非常好的方向。

中国书协理事《书法导报》总编辑王荣生评价：赵学敏先生这组二十四节气诗书作品体现了学敏先生情倾生态、情系民生的家国情怀。每次看到他的作品都有闪光点，他经常揣摩，佳作不断。他的书法，不狂不野，

陪同中国书协主席苏士澍、中国艺术研究院原院长连辑等人参观二十四节气专题展

非常温和。草法非常准确、非常讲究。学敏先生这幅《小满》作品，洋溢着碑帖结合的特征，书卷气非常浓。这些主要来源于他十分重视技出乎道。他的书法，行笔微妙的变化，墨韵，字体的灵动，都体现得恰到好处。我更欣赏他的于体风格草书、行楷。我觉得当代写于体书法的，没有人超过他。总的来说，他有了自己的风格，也能被大家所认可。他字写得比较开张、大气，大开大合，比较厚重，同时也很儒雅。

小满习俗

1. 祭车神

祭车神是一些农村地区古老的小满习俗。谚云："小满动三车。"三车，即水车、油车和丝车。人们的耕种和生活可离不开这三车，所以为祈求风调雨顺，日子红火，人们在小满这天就会祭三车。中国农耕文明的龙文化承传中，农民非常重视顺天应人，关注水利排灌在农业生产中的作用。

2. 祭蚕

我国江浙一带，养蚕极为兴盛，在小满节气期间有一个祈蚕节。相传蚕神就是在小满这天诞生的。古时，人们把蚕视作天物，为祈求天物的宽恕和有个养蚕的好收成，于每年的四月放蚕时，举行祈蚕节。

3. 看麦梢黄

在关中地区，每年麦子快要成熟的时候，出嫁的女儿都要回娘家去探望，了解夏收的准备情况。这一风俗叫作“看麦梢黄”，极富诗意，女婿、女儿如同过节一样，携带礼品去慰问娘家人。

4. 吃苦菜

苦菜是中国人最早食用的野菜之一，遍布全国，医学上叫它“败酱草”，宁夏人叫它“苦苦菜”。《周书》记载：“小满之日苦菜秀。”《诗经》记载：“采苦采苦，首阳之下。”

小满养生

夏季，对很多人来说，很辛苦，湿热难耐。而小满是个转折点，标志着暑天湿热正式拉开帷幕，因此，应从现在开始做好夏季养生的准备。

1. 常把苦菜端上桌

小满是湿性皮肤病的易发期，饮食调养宜以清淡的素食为主，可以常吃具有清利湿热作用的食物。而苦菜正是一种具有清热、凉血和解毒功能的应时蔬菜，它苦中带涩，涩中带甜，新鲜爽口，清凉嫩香，营养丰富。

2. 夜短更要早点睡

夏天昼长夜短，对很多人来说，按点睡觉是个难事儿，但休息不好，会影响第二天的工作和生活。因此，应从小满开始，及时调整，养成合理的作息时间。

3. 多出汗也是养生

夏天适当地锻炼，有利于体内汗液排出，帮助祛体内湿气。

芒种三候

○ 一候螳螂生。

螳螂在去年深秋产的卵因感受到阴气初生而破壳生出小螳螂。

○ 二候䴗始鸣。

喜阴的伯劳鸟开始在枝头出现，并且感阴而鸣。

○ 三候反舌无声。

能够学习其他鸟鸣叫的反舌鸟，却因感应到了阴气的出现而停止了鸣叫。

二十四节气之

芒种

○ 每年6月5～7日，太阳位于黄经75°时是芒种节气，芒种是二十四节气中的第九个节气。《月令七十二候集解》：『五月节。谓有芒之种谷可稼种矣。』

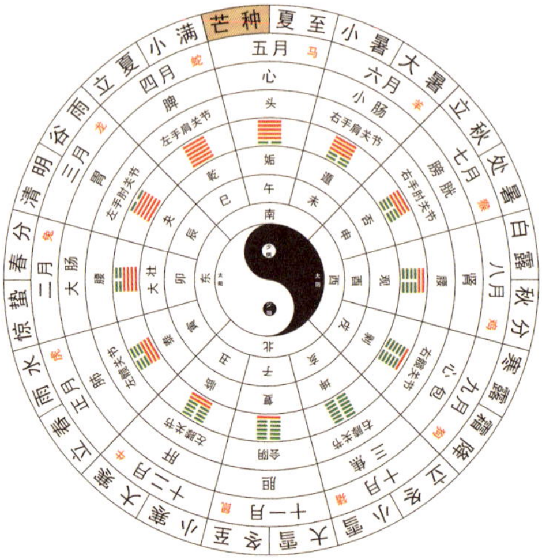

春	立春 *Spring begins* 02月03～05日	雨水 *The rains* 02月18～20日	惊蛰 *Insects awaken* 03月05～07日
	春分 *Vernal equinox* 03月20～22日	清明 *Clear and bright* 04月04～06日	谷雨 *Grain rain* 04月19～21日
夏	立夏 *Summer begins* 05月05～07日	小满 *Grain buds* 05月20～22日	芒种 *Grain in ear* 06月05～07日
	夏至 *Summer solstice* 06月21～22日	小暑 *Slight heat* 07月06～08日	大暑 *Great heat* 07 月22～24日
秋	立秋 *Autumn begins* 08月07～09日	处暑 *Stopping the heat* 08月22～24日	白露 *White dews* 09月07～09日
	秋分 *Autumnal equinox* 09月22～24日	寒露 *Cold dews* 10月08～09日	霜降 *Hoar-frost falls* 10月23～24日
冬	立冬 *Winter begins* 11月07～08日	小雪 *Light snow* 11月22～23日	大雪 *Heavy snow* 12月06～08日
	冬至 *Winter solstice* 12月21～23日	小寒 *Slight cold* 01月05～07日	大寒 *Great cold* 01月20～21日

芒种　张德治 摄

每年6月5～7日，太阳位于黄经75°时是芒种节气，芒种是二十四节气中的第九个节气。《月令七十二候集解》：“五月节。谓有芒之种谷可稼种矣。”意指大麦、小麦等有芒作物种子已经成熟，抢收十分急迫。晚谷、黍、稷等夏播作物也正是播种最忙的季节，故又称“芒种”。芒种的“芒”字，是指麦类等有芒植物的收获，芒种的“种”字，是指谷黍类作物播种的节令。“芒种”二字谐音，表明一切作物都在“忙种”了，所以“芒种”也称为“忙种”。人们常说“三夏”大忙季节，即指忙于夏收、夏种和春播作物的夏管。春争日，夏争时，“争时”即指这个时节的收种农忙。“芒种”到来预示着农民开始了忙碌的田间生活。

华北地区有“四月芒种麦在前，五月芒种麦在后”的说法，这种情况是阴历算法造成的。按阴历计算，一年实际上是344~345天。这比地球绕太阳一周的天数要少10~11天，因此必须三年一闰（有时是两年一闰），

螳螂捕蟬驚蟋蟀濕雨驕陽次第來布谷
聲聲催播種農夫切切記胸懷觀天觀地
運籌巧忙種忙收有序排至道遵循天不
負金秋如畫笑顏開

芝程 三原趙學敏

补充所短的天数。闰月时，节气不是提前就是推后，因而芒种有时在4月，有时在5月。我国农民深知4月芒种由于打春早，节气推前，所以种庄稼就种得早，要种在芒种前，5月芒种，就把庄稼种在节气之后。

芒种后进入初夏梅雨季节，雨量充沛，气温显著升高。常见的天气灾害有龙卷风、冰雹、大风、暴雨、干旱等。正常年份6月中旬开始入梅。芒种至夏至这半个月是秋熟作物播种、移栽、苗期管理之际，同时全面进入夏收、夏种、夏培的“三夏”大忙高潮。

芒　种

螳螂捕蝉惊蟋蟀，湿雨骄阳次第来。
布谷声声催播种，农夫切切记胸怀。
观天观地运筹巧，忙种忙收有序排。
至道遵循天不负，金秋如画笑颜开。

诗文赏析

赵学敏先生《芒种》一诗，抓住了芒种节气特征，对芒种节气的天气特点、农事变化，以及劳动人民播种收获的过程进行描绘，形象生动，还注入自己的情感，诗中透露出对大自然的热爱、对劳动人民的挚爱。如这首诗首联：“螳螂捕蝉惊蟋蟀，湿雨骄阳次第来”，体现了芒种节气三种物候现象，又把节气的气候变化反映出来。“螳螂”这一生物出现在芒种节气的一候，“湿雨骄阳”反映芒种时节雨量充沛，气温显著升高。颔联“布谷声声催播种，农夫切切记胸怀”，对我国大部分地区来说，芒种一到，夏熟作物要收获，夏播秋收作物要下地，春种的庄稼要管理，收、种、管交叉，是一年中“最忙”的季节。颈联“观天观地运筹巧，忙种忙收有序排”，反映出我国劳动人民的智慧，能够熟练掌握节气特点，合理有序进行农事安排。尾联“至道遵循天不负，金秋如画笑颜开”，因为人们遵循自然规律，合理安排，农田中稻谷、小麦等农作物一片金黄，风景如画，丰收在望，农民脸上也露出喜悦的笑容。

名家点评

《人民日报》文艺部主任、中国书协理事梁永琳评价：学敏先生的自作诗书，自然清新至极，诗书合璧，大有抒情遣意的诗化之书境，实为当代书坛所罕见。我们看到了一位情系苍生的人民书法家的襟怀和他的书法所展现的阳刚之美，看到了他在弘扬扩展“文以载道”中，实践“书以载道”的新样式。他这幅《芒种》作品，魏碑的势巧形密，与楷书的端庄开张，结合巧妙，用笔精熟，操控自如，刹那间笔毫的使转换锋十分到位，更加丰富了结构之美。学敏先生对用墨的处理也颇见功力。墨过淡，则易漫漶，点画效果易有软弱无力之感；墨过浓，则滞笔难以顿挫，点画僵硬。他在用墨浓度的控制上，很好地掌握了度，就像名厨对火候的掌握不差分毫。正是用笔、结构和墨色浓淡三者的有机结合，使学敏先生的魏楷浑朴而灵动。

中国书法家协会原展览部主任、中国书协理事吴震启评价：赵学敏的二十四节气诗，在吸取古典诗歌精华，灵活驾驭诗化语言，增强艺术表现力基础上，又能以中国传统书法艺术表现出来，写出人生百味，意到笔随，毫无造作，以其较高的思想性、艺术性，达到了诗书合璧，意韵相成，提高了其书法的收藏价值。学敏先生的这幅《芒种》作品，中锋用笔，侧笔取势，遒媚劲健，自然精妙，章法布局合理，聚散轻重适宜，线条粗者不臃，细者不弱，取魏碑之神，创造出有自己个性特色的艺术境界。

濕雨驕陽次第

切切記胸懷觀

有序排至道遵

開

芝程 三原趙學敏

芒种习俗

1. 送花神

农历二月二花朝节上迎花神。芒种已近五月间，百花开始凋残、零落，民间多在芒种日举行祭祀花神仪式，饯送花神归位，同时表达对花神的感激之情，盼望来年再次相会。此俗今已不存，但《红楼梦》曾提及。

2. 安苗

安苗系皖南的农事习俗，始于明初。每到芒种时节，种完水稻，为祈求秋天有个好收成，各地都要举行安苗祭祀活动。家家户户用新麦面蒸发包，把面捏成五谷六畜、瓜果蔬菜等形状，然后用蔬菜汁染上颜色，作为祭祀供品，祈求五谷丰登、村民平安。

3. 打泥巴仗

贵州东南部一带的侗族青年男女，每年芒种前后都要举办打泥巴仗节。当天，新婚夫妇由要好的男女青年陪同，集体插秧，边插秧边打闹，互扔泥巴。活动结束，检查战果，身上泥巴最多的，就是最受欢迎的人。

4. 煮梅

在南方，每年五六月是梅子成熟的季节。三国时有“青梅煮酒论英雄”的典故。青梅含有多种天然优质有机酸和丰富的矿物质，具有净血、整肠、降血脂、消除疲劳、美容、调节酸碱平衡，增强人体免疫力等独特的营养保健功能。但是，新鲜梅子大多味道酸涩，难以直接入口，需加工后方可食用，这种加工过程便是煮梅。

5. 端午节

每隔两年就有一次端午节出现在芒种期间。端午节是我国民间四大节日之一，有喝雄黄酒、吃粽子、吃绿豆糕、煮梅子、赛龙舟的习俗。

芒种养生

芒种节气里，气温升高降水多，空气湿度增加后，体内汗液无法通畅地发散出来。湿热之下，人难免感到四肢困倦、萎靡不振。此时注意以下五个要点，可以防病健体。

1. 每天午休

谚语说："芒种夏至天，走路要人牵；牵的要人拉，拉的要人推。"这形象地表现了人们在这个时节的懒散。夏日昼长夜短，午休 30 分钟至 1 小时，有助于身体解除疲劳。

2. 勤洗衣服勤洗澡

芒种过后天气炎热，细菌滋生，加上人体流汗多，是皮肤病的高发时期。勤换衣服勤洗澡，可使皮肤保持清洁干爽，增强皮肤的抵抗力。

3. 多补水

芒种时节气温明显升高，人体也进入新陈代谢最旺盛的时期。此时水分消耗较多，多种微量元素也随汗水排出体外，只有多补水，才能保持代谢良好，弥补机体需求。

4. 饮食宜清淡

在夏季人体新陈代谢旺盛，汗易外泄，耗气伤津之时，宜多吃能祛暑益气、生津止渴的食物。

5. 避免蚊虫叮咬

芒种前后，蚊子开始明显增多，蚊虫叮咬是造成人们患多种传染病的重要原因，可以在室内摆放一两盆盛开的茉莉花、米兰或夜来香等，这些花的香气可以有效地起到驱蚊的作用。

夏至三候

○一候鹿角解。

鹿的角朝前生，所以属阳。夏至日阴气生而阳气始衰，所以阳性的鹿角便开始脱落。而麋因属阴，所以在冬至日角才脱落（麋与鹿虽属同科，但古人认为，二者一属阴一属阳）。

○二候蝉始鸣。

雄性的知了在夏至后因感阴气之生便鼓腹而鸣。

○三候半夏生。

半夏是一种喜阴的药草，因在仲夏的沼泽地或水田中出生所以得名。由此可见，在炎热的仲夏，一些喜阴的生物开始出现，而阳性的生物却开始衰退了。

二十四节气之

夏至

○ 每年6月21～22日，太阳位于黄经90°时是夏至节气，夏至是二十四节气中的第十个节气，也是最早被确定的一个节气。

夏至，古时又称『夏节』、『夏至节』。公元前七世纪，先人采用土圭测日影，就确定了夏至。据《恪遵宪度》：『日北至，日长之至，日影短至，故曰夏至。至者，极也。』

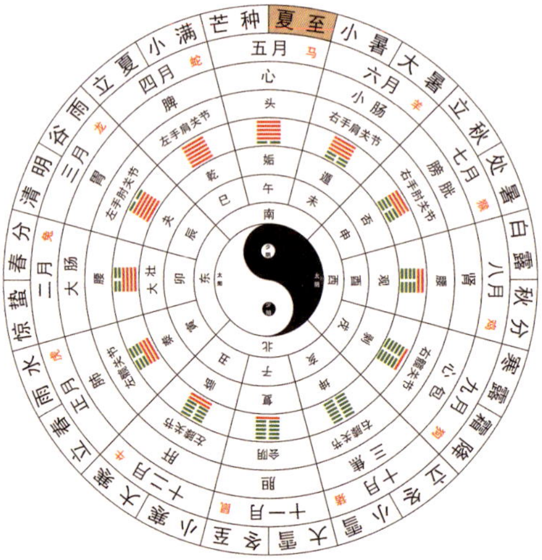

春	立春 *Spring begins* 02月03 ~ 05日	雨水 *The rains* 02月18 ~ 20日	惊蛰 *Insects awaken* 03月05 ~ 07日
	春分 *Vernal equinox* 03月20 ~ 22日	清明 *Clear and bright* 04月04 ~ 06日	谷雨 *Grain rain* 04月19 ~ 21日
夏	立夏 *Summer begins* 05月05 ~ 07日	小满 *Grain buds* 05月20 ~ 22日	芒种 *Grain in ear* 06月05 ~ 07日
	夏至 *Summer solstice* 06月21 ~ 22日	小暑 *Slight heat* 07月06 ~ 08日	大暑 *Great heat* 07 月22 ~ 24日
秋	立秋 *Autumn begins* 08月07 ~ 09日	处暑 *Stopping the heat* 08月22 ~ 24日	白露 *White dews* 09月07 ~ 09日
	秋分 *Autumnal equinox* 09月22 ~ 24日	寒露 *Cold dews* 10月08 ~ 09日	霜降 *Hoar-frost falls* 10月23 ~ 24日
冬	立冬 *Winter begins* 11月07 ~ 08日	小雪 *Light snow* 11月22 ~ 23日	大雪 *Heavy snow* 12月06 ~ 08日
	冬至 *Winter solstice* 12月21 ~ 23日	小寒 *Slight cold* 01月05 ~ 07日	大寒 *Great cold* 01月20 ~ 21日

夏至　张德治 摄

每年6月21～22日，太阳位于黄经90°时是夏至节气，夏至是二十四节气中的第十个节气，也是最早被确定的一个节气。

夏至，古时又称“夏节”、“夏至节”。公元前七世纪，先人采用土圭测日影，就确定了夏至。据《恪遵宪度》:“日北至，日长之至，日影短至，故曰夏至。至者，极也。”

夏至这天，太阳直射地面的位置到达一年的最北端，几乎直射北回归线（北纬23°26′），北半球的白昼达到最长，且越往北昼越长。如海南海口市这天日长约13小时，而黑龙江漠河则达到17小时之多，北京约15小时，而且，这天是太阳一年中照射北半球范围最大的一天，也是太阳距地球最高的一天。夏至以后，太阳直射地面的位置逐渐南移，北半球的白昼日渐缩短。民间有“吃过夏至面，一天短一线”的说法。此时南半球则正值隆冬。

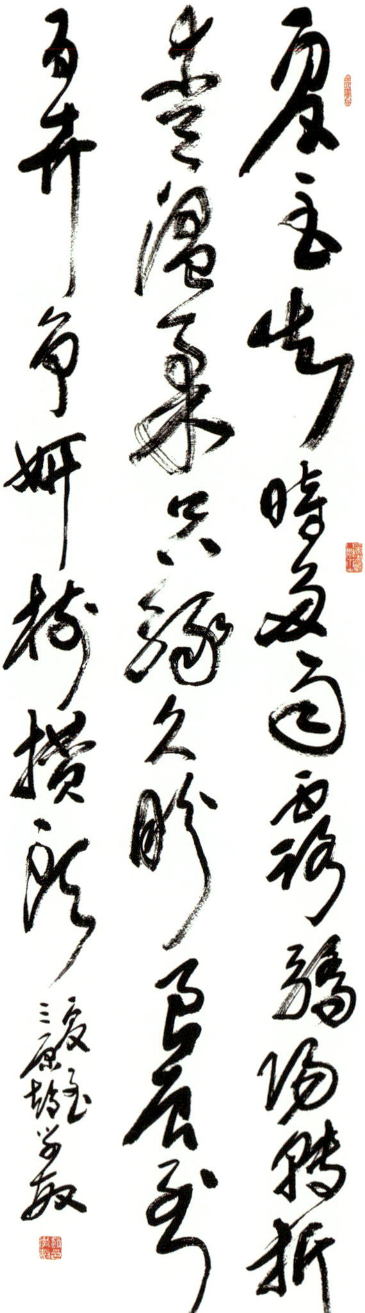

夏至这天虽然白昼最长，太阳高度最高，但并不是一年中天气最热的时候。因为，接近地表的热量，这时还在继续积蓄，并没有达到最多的时候。俗话说“热在三伏”（三伏是初伏、中伏和末伏的统称，是一年中最热的时节。每年出现在阳历7月中旬到8月中旬。其气候特点是气温高、气压低、湿度大、风速小。按我国农历规定：夏至后第三个庚日开始为初伏，第四个庚日为中伏，立秋后第一个庚日为末伏，头伏和末伏各十天，中伏十天或二十天，三伏共三十天或四十天。每年立秋日及其后两天如果出现庚日，中伏就为十天，否则为二十天，所以，大多数年份中伏都为二十天），我国各地的气温均为最高，有些地区的最高气温可达40℃左右。

夏至以后地面受热强烈，空气对流旺盛，午后至傍晚常易形成骤来疾去的雷阵雨，由于降雨范围小，人们称为“夏雨隔田坎”。唐代诗人刘禹锡巧妙地借喻这种天气，写出“东边日出西边雨，道是无晴却有晴”的著名诗句。

夏　至

夏至知时多雨露，骄阳转折爱温柔。
只缘久盼良辰到，百卉争妍树攒头。

诗文赏析

赵学敏先生《夏至》一诗，采用拟人表现手法描写夏至时节，读起来令人倍感鲜活生动。诗的起笔之处，就勾画出时间老人对人间的关爱与期许，乞求风调雨顺和充沛的雨露洒向人间，滋养丰稔的来到。承句作者巧妙地运用“骄阳”一词渲染气氛，因为这个时候太阳的威力还不是最为强烈，故特意陡然转自“爱温柔”的形象，与骄阳形成鲜明对比，再一次地拟人化，让这个时段在女性化了中平添了些温婉的色彩。夏至前后，所有的植物像高考前的考生一样，全在冲刺的份儿上，转句中的“久盼”二字极为贴切。合句“百卉争艳树攒头”，在一望无际的原野上，花草树木在夏至的怀抱里，恣肆徜徉，活泼可人，怡然自得。

名家点评

申万胜先生在参观二十四节气书法展览时，对赵学敏先生这幅《夏至》书法作品啧啧称道，认为这幅作品走的是碑帖融合路子，线条结实、凝练淳厚，将于右任、“二王”刚柔相济的笔意，作了完美结合，探索并提炼出个性鲜明的风格和独特的艺术语境。所以这幅作品有源头、有看头、有学头。

中国书协副秘书长潘文海评价：学敏先生这组二十四节气诗书，把自然描写和内心情感结合，写得非常生动，同时，学敏先生是我们中国书法家协会资深的理事，他在书法艺术上造诣很深，这次他把自己的二十四节气诗歌，用笔墨的形式表现出来，包括楷书、隶书、行书、草书，四体皆备，显示了自己书法功力的同时，也给了我们一种笔墨带来的艺术享受，不仅让我们了解了二十四节气的基本常识，以及劳动人民的生活、劳动和丰收的状态之外，同时让我们欣赏到他的书法艺术，可以说是诗魂相应、笔墨相成。

著名美术评论家、一级作家、中国作协会员、《农民日报》高级记者王景山：“《夏至》这幅作品是赵学敏先生代表作之一，其气蕴生机一气呵成，通篇流畅至极，自然清新至极，诗书合璧，大有抒情遣意的诗化之书境，实为当代书坛罕见。”

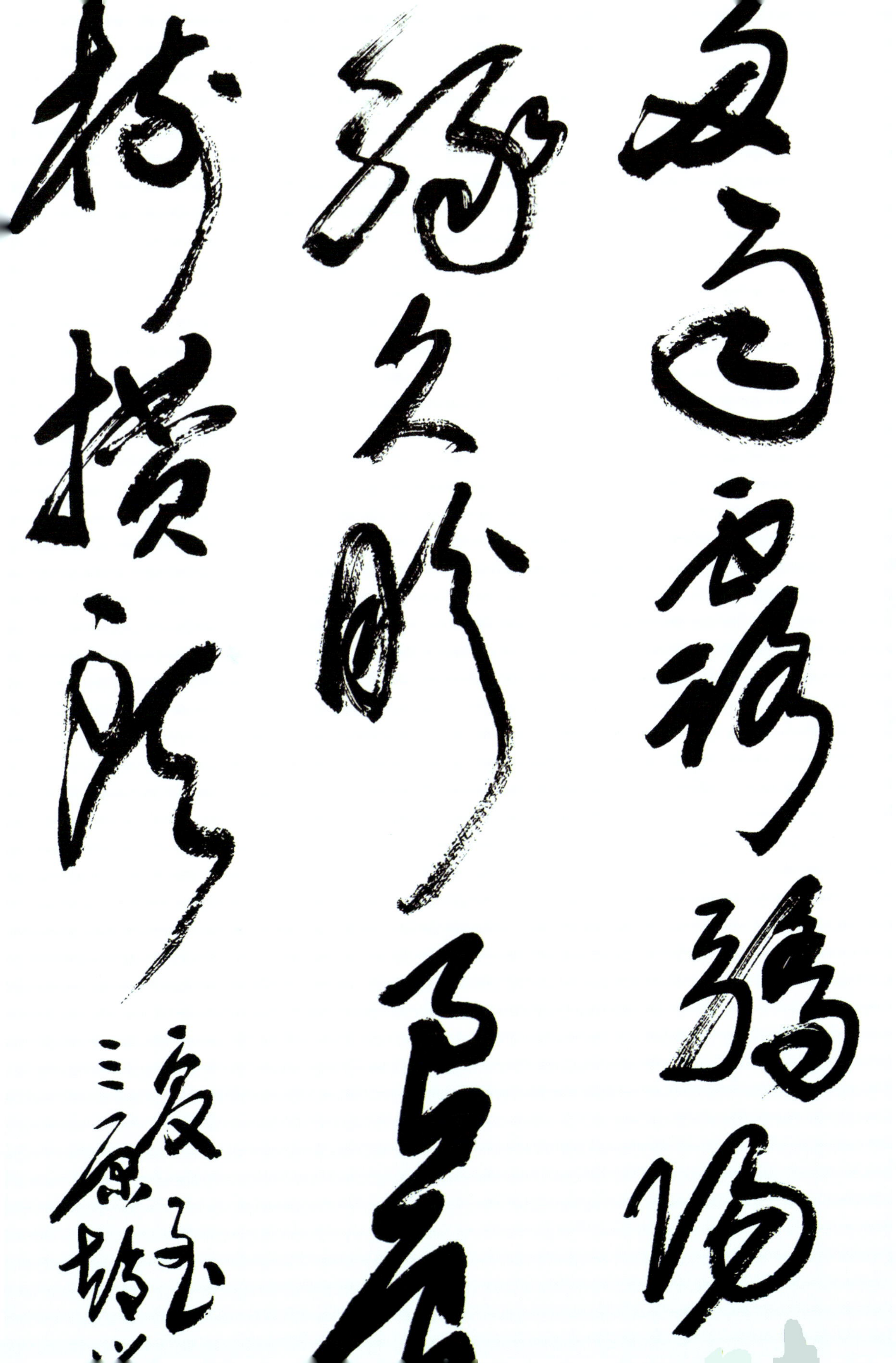

夏至习俗

1. 祭神祀祖

夏至时值麦收，自古以来有庆祝丰收、祭祀祖先之俗，以祈求灾消年丰。因此，夏至作为节日，纳入了古代祭神礼典。《周礼·春官》载:“以夏日至，致地方物魈。”周代夏至祭神，意为清除荒年、饥饿和死亡。夏至日正是麦收之后,农人既感谢天赐丰收,又祈求获得“秋报”。夏至前后，有的地方举办隆重的“过夏麦”，系古代“夏祭”活动的遗存。

2. 消夏避伏

夏至日，妇女们即互相赠送折扇、脂粉等什物。《酉阳杂俎·礼异》：“夏至日，进扇及粉脂囊，皆有辞。”“扇”，借以生风;“粉脂”，以之涂抹，散体热所生浊气，防生痱子。在朝廷，“夏至”之后，皇家则拿出“冬藏夏用”的冰“消夏避伏”，而且从周代始，历朝沿用，进而成为制度。

3. 夏至南北要吃面

自古以来，我国民间就有“冬至饺子夏至面”的说法，夏至吃面是很多地区的重要习俗。因夏至新麦已经登场，所以夏至吃面也有尝新的意思。

夏至养生

夏至前后人们明显感觉疲乏燥热和心悸气短，食欲也会明显下降。遵循以下几条养生原则，可让你愉快平安度夏。

1. 晚睡早起中午打个盹

夏至是阳气最旺的时节，要顺应阳盛于外的特点，注意保护阳气，力争每天午睡半小时左右，可以保持良好的精神状态。

2. 饮食清淡多吃点“苦”

炎热季节饮食应以清淡为宜，早晚喝点粥，可以生津止渴，补养身体。

同时，苹果、葡萄、木瓜、枇杷这类平和的水果适合各种体质的人享用；除了饮食清淡，因苦味食物具有除燥祛湿、清凉解暑、促进食欲等作用，还可多吃苦瓜、香菜等。

3. 调整呼吸整理好情绪

夏天气温高，容易使人烦躁或倦怠，所以要保持神清气和，快乐欢畅，心胸宽阔。像万物生长需要阳光那样，对外界事物要有浓厚的兴趣，培养乐观外向的性格，以利于气脉的通泄。切忌情绪大起大落、为小事大发脾气，以免诱发、加重心脏病。

4. 运动宜在清晨或傍晚凉爽时

夏季清晨或傍晚天气较凉爽，场地选择在河湖水边、公园庭院等空气新鲜的地方。锻炼的项目以散步、慢跑、太极拳、广播操为好。若运动过激，可导致大汗淋漓，汗泄太多，不但伤阴气，也会损阳气，还易中暑。

有一首夏至养生歌谣可以多记几遍：夏至心静自然凉，晚睡早起午休躺。暑伤津气炎热防，切忌饮食过寒凉。神清气和胸宽畅，户外防晒讲着装。

小暑三候

○一候温风至。

指小暑日后，大地上便不再有一丝儿凉风，而是所有的风中都带着热浪。

○二候蟋蟀居壁。

五日后，由于炎热，蟋蟀离开了田野，到庭院的墙角下以避暑热。

○三候鹰始击。

再过五日，老鹰因地面气温太高而在清凉的高空中活动。

二十四节气之 小暑

○每年7月6~8日，太阳位于黄经105°时是小暑节气，小暑是二十四节气中的第十一个节气。《月令七十二候集解》：『六月节。《说文》曰：暑，热也。就热之中分为大小，月初为小，月中为大，今则热气犹小也。』

春	立春 *Spring begins* 02月03 ~ 05日	雨水 *The rains* 02月18 ~ 20日	惊蛰 *Insects awaken* 03月05 ~ 07日
	春分 *Vernal equinox* 03月20 ~ 22日	清明 *Clear and bright* 04月04 ~ 06日	谷雨 *Grain rain* 04月19 ~ 21日
夏	立夏 *Summer begins* 05月05 ~ 07日	小满 *Grain buds* 05月20 ~ 22日	芒种 *Grain in ear* 06月05 ~ 07日
	夏至 *Summer solstice* 06月21 ~ 22日	小暑 *Slight heat* 07月06 ~ 08日	大暑 *Great heat* 07 月22 ~ 24日
秋	立秋 *Autumn begins* 08月07 ~ 09日	处暑 *Stopping the heat* 08月22 ~ 24日	白露 *White dews* 09月07 ~ 09日
	秋分 *Autumnal equinox* 09月22 ~ 24日	寒露 *Cold dews* 10月08 ~ 09日	霜降 *Hoar-frost falls* 10月23 ~ 24日
冬	立冬 *Winter begins* 11月07 ~ 08日	小雪 *Light snow* 11月22 ~ 23日	大雪 *Heavy snow* 12月06 ~ 08日
	冬至 *Winter solstice* 12月21 ~ 23日	小寒 *Slight cold* 01月05 ~ 07日	大寒 *Great cold* 01月20 ~ 21日

小暑　陈远山 摄

每年 7 月 6 ~ 8 日，太阳位于黄经 105° 时是小暑节气，小暑是二十四节气中的第十一个节气。《月令七十二候集解》："六月节。《说文》曰：暑，热也。就热之中分为大小，月初为小，月中为大，今则热气犹小也。"小暑中的"暑"为热，小暑为小热，还不十分热。小暑期间，全国大部分地区进入盛夏。《千字文》中有句："寒来暑往"，指小暑、大暑与小寒、大寒都是直接反映气温变化的节气。小暑的标志：出梅、入伏。出梅又称"断梅"，即初夏长江中下游梅雨天气的终止。十日后入伏，绝大部分地区进入了盛夏高温季节。

俗话说："热在三伏。"从入伏到立秋这段时间，称为"伏夏"，即"三伏天"。头伏 10 天，中伏 20 天，末伏 10 天，是全年气温最高的时段。

小暑开始，江淮流域梅雨先后结束，东部淮河、秦岭一线以北的广大地区开始了来自太平洋的东南季风雨季，降水明显增加，且雨量比较集

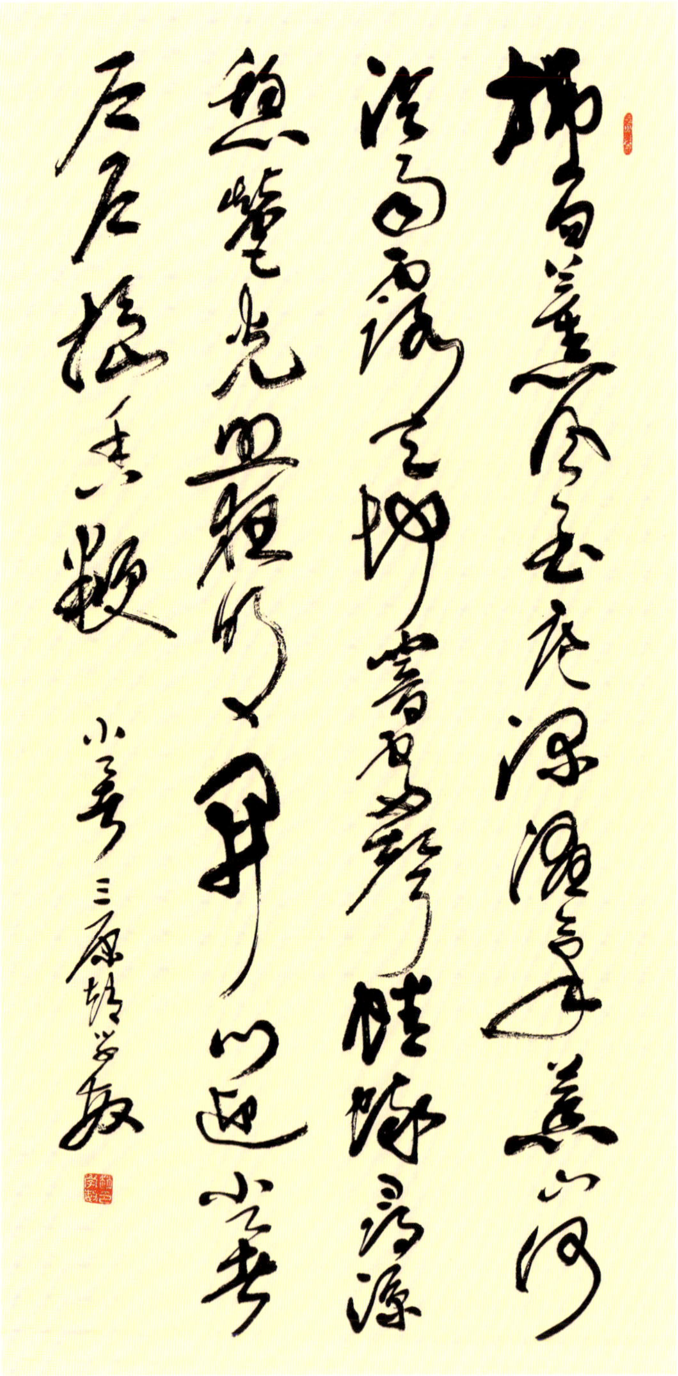

中；华南、西南、青藏高原也处于来自印度洋和我国南海的西南季风雨季中；而长江中下游地区则一般为副热带高压控制下的高温少雨天气。也有的年份，小暑前后北方冷空气势力仍较强，在长江中下游地区与南方暖空气势均力敌,出现锋面雷雨。小暑时节的雷雨常是“倒黄梅”的天气信息，预兆雨带还会在长江中下游维持一段时间。

小暑前后，我国南方大部分地区进入雷暴最多的季节。雷暴是一种剧烈的天气现象,常与大风、暴雨相伴出现,有时还有冰雹,容易造成灾害。华南东部，小暑以后因常受副热带高压控制，多连晴高温天气，开始进入伏旱期。

小暑前后，除东北与西北地区收割冬、春小麦等作物外，农业生产上主要是忙着田间管理了。早稻处于灌浆后期，早熟品种大暑前就要成熟收获，要保持田间干干湿湿。中稻已拔节，进入孕穗期，应根据长势追施穗肥，促穗大粒多。单季晚稻正在分蘖，应及早施好分蘖肥。双晚秧苗要防治病虫，于栽秧前 5 ~ 7 天施足“送嫁肥”。“小暑天气热，棉花整枝不停歇。”大部分棉区的棉花开始开花结铃，生长最为旺盛，在重施花铃肥的同时，要及时整枝、打杈、去老叶，以协调植株体内养分分配，增强通风透光，改善群体小气候，减少蕾铃脱落。盛夏高温是蚜虫、红蜘蛛等多种害虫盛发的季节，适时防治病虫是田间管理上的又一重要环节。

小　暑

拂面薰风至，庭深湿气蒸。
山河沾雨露，天地响雷声。
蟋蟀寻凉憩，萤光照夜明。
开门迎小暑，户户捣香粳。

诗文赏析

赵学敏先生《小暑》诗采用了写实的表现手法，为我们呈现了一幅精美鲜活的画面，深入其间，清风徐来，心绪徜徉，惬意之至。首联作者直抒胸臆，烘托营造出栩栩如生的真实场景，令人倍感亲切，有如身临其境。颔颈尾三联紧扣季节之特色，将主题徐徐推出，环环相续。颈联的描写景象可立时勾起我们对农家生活的向往，小生物在这个季节里，成了夜的主人，为人们照明、为人们演奏，仿佛构筑了一个个毫不歇息的小剧场，人们在繁忙之余，享受大自然的赐予，岂不快哉。蟋蟀、萤火虫是舞台上的小主角，它们的轻歌曼舞，把场景变得宏阔了许多，大自然的小主人终于引出了万物之灵，“户户捣香粳”是多么美好的图景。首尾相接，足以醉人了。“读摩诘之诗，诗中有画，味摩诘之画，画中有诗。”此意境赵诗有之。

名家点评

中国书协理事、首都师范大学中国书法文化研究院教授，博士生导师叶培贵评价:学敏对书法有特殊的情怀，一方面，来源于他自己的天性，对美好事情始终有一种热爱情怀；另一方面，跟他生长的三原地区深厚的历史文脉有很大关系。我对他的书法印象非常深,特别是他的这幅《小暑》作品，寓意趣、情怀和神韵于笔墨线条和字行章法之中，总体上给人以清新俊逸、超尘脱俗之感，有一种特别沉静的、经过人生历练积累下来的宁静美，并且充满了历史文脉的气质。

中国书协理事、北京书协副主席龙开胜评价：学敏书法及他本人有三个特点。第一，他的书法让人眼睛顿然放亮光。这与他有很深的学养和很丰富的生活经历有关系。他这么勤奋，真正醉心于书法，非常难得。

第二，他会挤时间、抓时间，这种专心的精神让我们很汗颜。第三，他的学问对书法滋养得好，自己作诗词，用书法写自己的诗词，值得我们学习。他的这幅《小暑》作品使转提按极其自如，线条平实劲挺而富有弹性。观其用笔，流水行云，气息一贯始终，使笔法美、字法美和章法美浑然一体，出现上佳的视觉效果。

小暑习俗

小暑时节，天气变得炎热，民间度过伏天的办法，就是吃清凉消暑的食品。因此，很多习俗都和饮食有关，重点介绍以下几种。

1. 小暑头伏吃饺子

俗话说“头伏饺子二伏面，三伏烙饼摊鸡蛋”。这种吃法是为了使身体多出汗，排出体内的各种毒素。

2. 吃藕

民间素有小暑吃藕的习俗，藕中含有大量的碳水化合物及丰富的钙磷铁等和多种维生素，钾和膳食纤维比较多，具有清热养血除烦等功效，适合夏天食用。鲜藕以小火煨烂，切片后加适量蜂蜜，可随意食用，有安神助睡之功效，可治血虚失眠。

3. 吃黄鳝

俗语：小暑黄鳝赛人参。黄鳝生于水岸泥窟之中，以小暑前后一个月的夏黄鳝最为滋补味美。夏季往往是慢性支气管炎、支气管哮喘、风湿性关节炎等疾病的缓解期，而黄鳝性温味甘，具有补中益气、补肝脾、除风湿，强筋骨等作用。

4. 吃杧果

这个时节是杧果的成熟盛产期。据传有个虔诚的信徒曾将自己的杧果园献给释迦牟尼，好让他在树荫下休息。

5.“食新”

为了应对即将到来的炎热气候，同时表示对最早一轮谷物收获的感恩，中国社会在几千年的时间里逐渐形成“食新”、“祭祀五谷大神”等习俗。“食新”即在小暑过后尝新米，农民将新割的稻谷碾成米后，做好饭供祀五谷大神和祖先，表示对大自然以及祖先的感恩，然后人人品尝新米等。

6. 喝羊汤

北方会在小暑、大暑期间喝羊汤，第一可以滋补身体，第二“羊”与“阳”谐音，古人认为夏季阳气丧失较多，这样能够增加阳气。

7. 晒书画、衣服

小暑时节，民间还有晒书画、衣服的习俗。民谚有云：“六月六，人晒衣裳龙晒袍”，“六月六，家家晒红绿”。“红绿”就是指五颜六色的各样衣服。小暑是一年中气温较高、日照时间较长、阳光辐射较强的节气，把存放在箱柜里的衣服晾到外面接受阳光的暴晒，以去潮，防霉防蛀。

小暑养生

春夏养阳，小暑是人体阳气最旺盛的时候，要注意劳逸结合，保护人体的阳气。小暑虽不是一年中最炎热的节气，但紧接着就是一年中最热的节气大暑，民间有“小暑接大暑，热得无处躲”、“小暑大暑，上蒸下煮”的说法。小暑节气到，虽然还未到最炎热的时候，但此时降水较多，湿气重，养生必须遵循以下四条原则。

1. 平心静气以养心

小暑时节，天气炎热，人们容易烦躁不安，爱犯困，少精神。中医认为，平心静气，可以舒缓紧张的情绪，使心情舒畅、气血和缓；既有助于心脏机能的旺盛，也符合“春夏养阳”的原则。

2. 饮食清淡宜适量

小暑时节多雨、高温，消化道疾病频发。所以，这一节气饮食要注意卫生，不可贪食；饮食以清淡、富有营养为宜。

3. 外出防暑备在先

小暑时节容易发生中暑，要做好防暑工作，外出要带好遮阳伞、遮阳帽等工具，多喝水，并尽量避开午后太阳热辣时外出。

4. 贪凉冲凉要谨慎

天热人们喜欢吃冰淇淋、雪糕，喝冰镇饮品，也有人喜欢冲凉水澡。这些都容易引发身体不适，或者埋下健康隐患。

大暑三候

○一候腐草为萤。

陆生的萤火虫把卵产在枯草上，大暑时卵化而出，古人误以为萤火虫是腐草变成的。

○二候土润溽暑。

天气开始变得闷热，土地也很潮湿。

○三候大雨时行。

时常有大的雷雨出现，这大雨使暑热减弱，天气开始向立秋过渡。

二十四节气之

大暑

○ 每年7月22～24日，太阳位于黄经120°时是大暑节气，大暑是二十四节气中的第十二个节气。『大暑』与『小暑』一样，都是反映夏季炎热程度的节令，『大暑』表示炎热至极。《月令七十二候集解》：『六月中。』

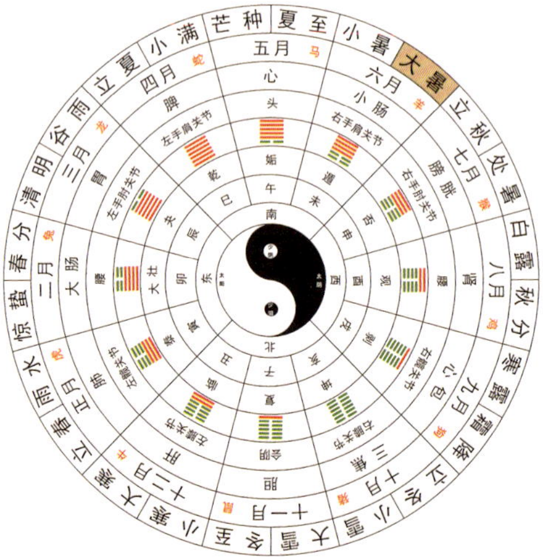

春	立春 *Spring begins* 02月03 ~ 05日	雨水 *The rains* 02月18 ~ 20日	惊蛰 *Insects awaken* 03月05 ~ 07日
	春分 *Vernal equinox* 03月20 ~ 22日	清明 *Clear and bright* 04月04 ~ 06日	谷雨 *Grain rain* 04月19 ~ 21日
夏	立夏 *Summer begins* 05月05 ~ 07日	小满 *Grain buds* 05月20 ~ 22日	芒种 *Grain in ear* 06月05 ~ 07日
	夏至 *Summer solstice* 06月21 ~ 22日	小暑 *Slight heat* 07月06 ~ 08日	大暑 *Great heat* 07月22 ~ 24日
秋	立秋 *Autumn begins* 08月07 ~ 09日	处暑 *Stopping the heat* 08月22 ~ 24日	白露 *White dews* 09月07 ~ 09日
	秋分 *Autumnal equinox* 09月22 ~ 24日	寒露 *Cold dews* 10月08 ~ 09日	霜降 *Hoar-frost falls* 10月23 ~ 24日
冬	立冬 *Winter begins* 11月07 ~ 08日	小雪 *Light snow* 11月22 ~ 23日	大雪 *Heavy snow* 12月06 ~ 08日
	冬至 *Winter solstice* 12月21 ~ 23日	小寒 *Slight cold* 01月05 ~ 07日	大寒 *Great cold* 01月20 ~ 21日

大暑　张德治 摄

每年 7 月 22 ~ 24 日，太阳位于黄经 120° 时是大暑节气，大暑是二十四节气中的第十二个节气。“大暑”与“小暑”一样，都是反映夏季炎热程度的节令，“大暑”表示炎热至极。《月令七十二候集解》：“六月中。”这时正值“中伏”前后，是一年中最热的时期，气温最高，农作物生长最快，大部分地区的旱、涝、风灾也最为频繁，有谚语说：“东闪无半滴，西闪走不及”，意谓在夏天午后，闪电如果出现在东方，雨不会下到这里，若闪电在西方，则雨势很快就会到来，要想躲避都来不及。人们也常把夏季午后的雷阵雨称为“西北雨”，并形容“西北雨，落过无车路”。

“禾到大暑日夜黄”，对我国种植双季稻的地区来说，一年中最紧张、最艰苦、顶烈日战高温的“双抢”战斗已拉开了序幕。俗话说：“早稻抢日，晚稻抢时”、“大暑不割禾，一天少一箩”，适时收获早稻，不仅可减少后期风雨造成的危害，确保丰产丰收，而且可使双晚适时栽插，争取足够的

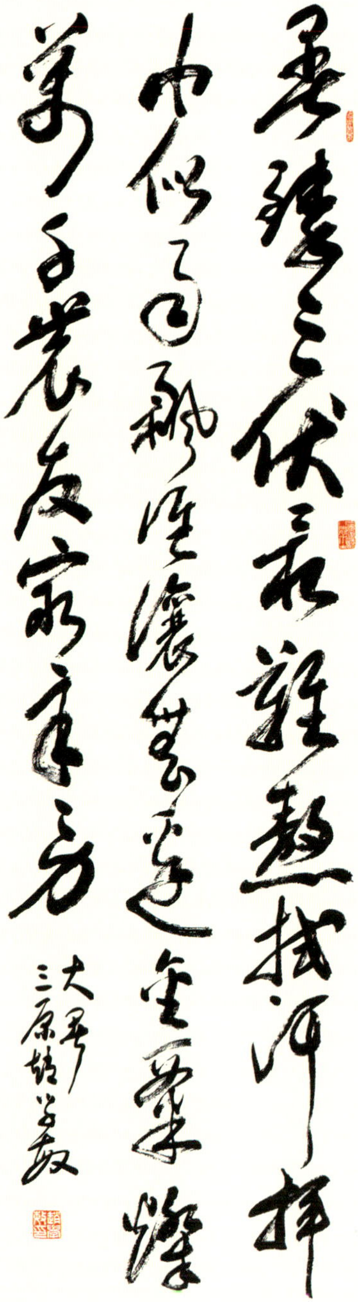

生长期。要根据天气的变化，灵活安排，晴天多割，阴天多栽，在7月底以前栽完双晚，最迟不能迟过立秋。“大暑天，三天不下干一砖”，酷暑盛夏，水分蒸发特别快，尤其是长江中下游地区正值伏旱期，旺盛生长的作物对水分的要求更为迫切，真是“小暑雨如银，大暑雨如金”。

“稻在田里热了笑，人在屋里热了跳。”盛夏高温对农作物生长十分有利，但对人们的工作、生产、学习、生活却有着明显的不良影响。特别是在副热带高压控制下的长江中下游地区，骄阳似火，风小湿度大，更叫人感到闷热难当。

大　暑

暑臻三伏最难熬，
拭汗挥巾似雨飘。
谁让无边金粟灿？
万千农友最辛劳！

诗文赏析

赵学敏先生《大暑》一诗采用了白描、夸张的表现手法，所抒写的内容是人们经常接触到的最为熟悉的事情，为我们呈现了一幅精美感人的画面。他描写农民“三伏”天劳动的场景有声有色，惟妙惟肖，活灵活现，具有浓厚的生活气息。起句作者直抒胸臆，用一个“熬”字描绘出人们度“伏天”的真实感受，令人犹如身临其境。承句运用夸张手法，用“雨飘”二字，形象生动地勾画出了伏夏炎热，人们挥巾擦汗的神态。起句和承句没有亲身参加过炎热夏天的劳动的人是写不出来的。转句运用反问句，引出整首诗的主题：是谁使广阔的田野金粟灿烂？合句作了回答：是万千农友！

整首诗犹如一幅画面，把农民辛苦劳动场面描绘得淋漓尽致，使读者把这种辛苦和果实的来之不易，品味得更加具体，更加深刻真实。

名家点评

中国书协理事、解放军军事科学院政治部文艺创作室主任张继评价：赵学敏先生这幅《大暑》作品形成了自己的风格。其中有于右任的自然流畅、浑朴厚重，又有“二王”、孙过庭的流美笔韵，全篇用笔苍劲有力，结体严谨，通篇连绵贯气，撞击着欣赏者的视觉，给人以美的享受。

中国书协学术委员黄君评价：我算是赵学敏先生的这组二十四节气诗书作品创作过程的一个见证者。他对这组作品可以算是精益求精，从内涵来说，他从整个中国文化很经典的内涵上来寻找主题，这组作品可能成为不朽的作品，或者说是伟大的作品。他的这幅《大暑》作品，笔法厚重、朴拙，运笔熟练，淋漓酣畅，结字平实，规整中透出疏朗灵活，一气呵成，整幅作品表现一种质厚朴茂的味道，从始至终，苍劲、稳健和流畅，一以贯之，加上他走的是碑帖相结合的路子，形成了碑骨帖魂、威而不猛的风格。

蒋力馀先生评价：学敏先生《大暑》作品，诗书合一，辞翰双美，韵雅情高，新人耳目。他中锋用笔，笔体浑厚，撇捺向两侧伸展，收笔前的粗顿以及抬锋，使整个字形厚重稳健略显飞扬、规则中正而有动态，颇具审美价值。学敏先生以于右任书风为基，出入“二王”，取神汉碑，融以松雪香光，糅以学养，润以才情，形成了意境圆融的艺术风格。所以，他的胸次、学养、才情、技法，给诗美书佳这种高境界的艺术创作提供了良好的条件，而其执着精神、精品意识，使其美学理想物化而成艺术佳品。

赵学敏向中国农业博物馆捐赠《江山多娇》和二十四节气诗书作品

大暑习俗

尽管大暑是一年中农业活动较为繁重的时节，但是人们还是不忘在每年的这个日子里，忙里偷闲，举行各种民俗活动，寄寓对生活的美好希望。民间有饮伏茶、晒伏姜、烧伏香等习俗。

1. 饮伏茶

伏茶，顾名思义，是三伏天喝的茶。古时候，很多地方的农村都有个习俗，就是村里人会在村口的凉亭里放些茶水，免费给来往路人喝。每个凉亭里都有专人全天煮茶，保证供应。

2. 晒伏姜

我国山西、河南等地，三伏天时，人们会把生姜切片或者榨汁后与红糖搅拌，装入容器，蒙上纱布，于太阳下晾晒，待充分融合后食用，对老寒胃、伤风咳嗽等有奇效，并有温暖保健的功效。

3. 烧伏香

大暑这天人们要去庙里祈祷风调雨顺，求雨消暑。

4. 斗蟋蟀

大暑节气时，乡村田野蟋蟀最多，我国很多地区的人们，茶余饭后，有以斗蟋蟀为乐的风俗。

5. 送“大暑船”

送“大暑船”是浙江沿海地区，特别是台州好多渔村都有的民间传统习俗，人们把“五圣”送出海，送暑保平安民。送“大暑船”时，伴有丰富多彩的民间文艺表演。

大暑节气的民俗也体现在吃的方面，这一时节的民间饮食习俗大致分为两种：一种是吃凉性食物消暑；一种是吃热性食物，例如鲁南地区“喝暑羊”、福建莆田吃荔枝、广东地区吃“仙草”、台湾地区吃凤梨。

大暑养生

大暑是全年最酷热的时期，所谓“小暑大暑，晒死老鼠”。高温来袭，人体排汗多、消耗大，易感到心烦意乱、困倦乏力，没有胃口。度苦夏，除了要劳逸结合、保证充足睡眠、多喝水外，更要注意饮食调理。

1. 防情绪中暑

按照中医“天人相应”之说，气候变化会引起人体生理和心理的变化。大暑时节高温酷热，人们易动“肝火”，会产生心烦意乱、无精打采、思维紊乱等异常状态，这是“情绪中暑”引起的。为防“情绪中暑”，一旦火气上来，可以采用心理暗示和“心理纳凉法”等方法调整自己的情绪。

2. 补水宜喝粥

在大暑节气养生，首要是补水。此时节喝药粥能补气清暑、健脾养胃。

李时珍曾言:“每日起食粥一大碗,空腹虚,谷气便作,所补不细,又极柔腻,与肠胃相得,最为饮食之妙也。”

3. 冬病多夏治

大暑是全年阳气最盛的时节,在《黄帝内经》中有“冬病夏治”的记载,故对于那些每逢冬季发作的慢性疾病,如慢性支气管炎、肺气肿、支气管哮喘、腹泻、风湿痹症等阳虚症是最佳的治疗时机。“冬病夏治”使用最多的是敷贴疗法,它利用夏季“三伏天”阳气最盛的节气特点,采用穴位敷贴的方法,使用有特殊作用的中药渗透皮肤,疏通经络,调节脏腑,从而达到内病外治的目的。

立秋三候

○一候凉风至。

刮风时人们会感觉到凉爽，此时的风已不同于暑天中的热风。

○二候白露降。

大地上早晨会有雾气产生。

○三候寒蝉鸣。

秋天感阴而鸣的寒蝉也开始鸣叫。

二十四节气之

立秋

○ 每年8月7～9日，太阳位于黄经135°时是立秋节气，立秋是二十四节气中的第十三个节气。『立』是开始的意思，『秋』是指庄稼成熟的时期。立秋表示暑去凉来，秋天开始之意。

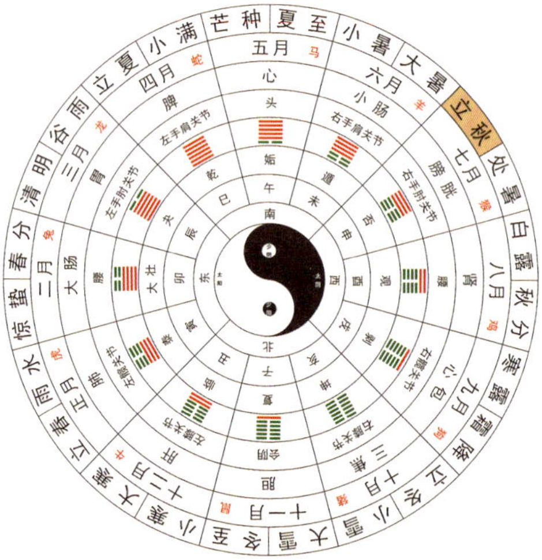

春	立春 *Spring begins* 02月03～05日	雨水 *The rains* 02月18～20日	惊蛰 *Insects awaken* 03月05～07日
	春分 *Vernal equinox* 03月20～22日	清明 *Clear and bright* 04月04～06日	谷雨 *Grain rain* 04月19～21日
夏	立夏 *Summer begins* 05月05～07日	小满 *Grain buds* 05月20～22日	芒种 *Grain in ear* 06月05～07日
	夏至 *Summer solstice* 06月21～22日	小暑 *Slight heat* 07月06～08日	大暑 *Great heat* 07月22～24日
秋	立秋 *Autumn begins* 08月07～09日	处暑 *Stopping the heat* 08月22～24日	白露 *White dews* 09月07～09日
	秋分 *Autumnal equinox* 09月22～24日	寒露 *Cold dews* 10月08～09日	霜降 *Hoar-frost falls* 10月23～24日
冬	立冬 *Winter begins* 11月07～08日	小雪 *Light snow* 11月22～23日	大雪 *Heavy snow* 12月06～08日
	冬至 *Winter solstice* 12月21～23日	小寒 *Slight cold* 01月05～07日	大寒 *Great cold* 01月20～21日

立秋　张德治 摄

每年8月7～9日，太阳位于黄经135°时是立秋节气，立秋是二十四节气中的第十三个节气。“立”是开始的意思，“秋”是指庄稼成熟的时期。立秋表示暑去凉来，秋天开始之意。《月令七十二候集解》载：“秋，揫也。物于此而揫敛（音脸，意为收集）也。”

立秋不仅预示着炎热的夏天即将过去，秋天即将来临。秋是植物成熟的意思。立秋也预示着草木结果孕籽，收获季节到了。俗话说：“立秋三日，寸草结籽。”此时我国中部地区早稻收割，晚稻移栽，大秋作物进入重要生长发育时期。

我国地域辽阔，虽各地气候有差别，但此时大部分仍是未进入秋天气候，况且每年大热三伏天的末伏还在立秋后第3日，气温仍酷热，因而我国医学称从立秋起至秋分前这段日子为“长夏”。民谚有“早立秋凉飕飕，晚立秋热死牛”的说法，认为如果立秋时间在上午，则天气凉爽；立秋时

梧桐葉落金風爽好雨頻頻稻
谷圓綴目江山如畫裏瓜肥果
碩正鮮妍

立秋 三原趙岩敏

间若在下午以后，天气就还要热上一阵。所以，立秋后还有一伏，要当心“秋老虎”发威，注意避暑降温。

古人把立秋当作夏秋之交的重要时刻，一直很重视这个节气。据记载，宋时立秋这天，皇宫内要把栽在盆里的梧桐移入殿内，等到“立秋”时辰一到，太史官便高声奏道：“秋来了。”奏毕，梧桐应声落下一两片叶子，以寓报秋之意，因此有“落叶知秋”的成语。

“秋后一伏热死人”，立秋前后我国大部分地区气温仍然较高，各种农作物生长旺盛，中稻开花结实，单晚圆秆，大豆结荚，玉米抽雄吐丝，棉花结铃，甘薯薯块迅速膨大，对水分要求都很迫切，此期受旱会给农作物最终收成造成难以补救的损失，所以有“立秋三场雨，秕稻变成米”、“立秋雨淋淋，遍地是黄金”之说。“双晚”生长在气温由高到低的环境里，必须抓紧当前温度较高的有利时机，追肥耘田，加强管理。

立　秋

梧桐叶落金风爽，好雨频频稻谷圆。
纵目江山如画里，瓜肥果硕正鲜妍。

诗文赏析

赵学敏先生《立秋》一诗以饱满喜悦的心情，描绘了秋来即将丰收的画面。起句和承句是近景。起句金风吹拂，引自《警世通言》中说：“一年四季，风各有名：春天为和风，夏天为薰风，秋天为金风，冬天为朔风。”承句“好雨”、“圆”三字，把稻谷在阳光和雨水滋润下，逐渐穗满颗盈，生动形象地刻画出来了。正如农谚所说：“立秋三场雨，秕稻变成米”、“立秋雨淋淋，遍地是黄金”。转句和合句是远景。转句纵目远望，秋天美景的画面，尽收眼帘。结尾用“瓜肥果硕正鲜妍”，是一年辛苦劳动的成果，也是圆满美丽的画面，读到这里让人喜不自禁，而且眼馋！

名家点评

翟万益先生评价：从学敏先生这幅《立秋》诗书看，无论是诗或者书法，都采取了清新简约的手法，力求在书法的气韵、气势上表现诗的意境、意味。在书法技法上，没有墨守故技，大多率意而为，写得生涩老辣，笔画透出一些拙味，但运笔的超迈痛快都隐藏在字里背后，泛溢出满纸的活泼天真。《立秋》这幅作品是介于行楷之间的一种风格表现，行笔的开张消除了文字结构的平淡，戛玉裂冰的力度贯注到了字里行间，从无奇处可以体感到书法真力的弥漫。

中国书协学术委员会委员、著名书法评论家胡传海评价：从学敏先生这幅《立秋》书法作品看出他的诗是围绕生活来展开的，内容很鲜活，看了以后觉得和我们的生活很贴近。而且书法有夯实的基础，写得气势磅礴，遒劲有力，非常大气，对我们专业书法者来说也有很多学习的地方。

著名书法评论家胡湛评价：赵学敏先生注重生活和诗书结合起来，在生活当中把这种感情及时地写成诗、写成作品。这幅《立秋》作品就是代表，而且笔法精道，具有自己的风格。

立秋习俗

在我国，立秋不仅是一个重要节气，也是重要的岁时节日。数千年的文化传承使立秋的民俗非常丰富。古代，人们把立秋当作夏秋之交的重要时刻，除封建帝王亲率文武百官设坛迎秋习俗外，在民间还流传着“贴秋膘”、“啃秋”等习俗。

1. 立秋节

立秋节，也称七月节，时间在公历每年8月7日或8日开始。在周代，立秋日天子亲率三公九卿诸侯大夫，到西郊迎秋，并举行祭祀少皞、蓐收的仪式（见《礼记·月令》）。汉代仍承此俗。到了唐代，每逢立秋日，也祭祀五帝。《新唐书·礼乐志》载：“立秋立冬祀五帝于四郊。”宋代，立秋之日，男女都戴楸叶，以应时序。有以石楠红叶剪刻花瓣簪插鬓边的风俗，也有以秋水吞食小赤豆七粒的风俗（见《临安岁时记》）。明承宋俗。清代在立秋节这天，悬秤称人，和立夏日所称之数相比，以验夏中之肥瘦。民国以来，在立秋这天的白天或夜晚，有预卜天气凉热之俗。

2. 秋忙会

秋忙会一般在农历七八月举行，是为了迎接秋忙而做准备的经营贸易大会。其目的是为了交流生产工具、变卖牲口、交换粮食以及生活用品等。过会期间还有戏剧演出、跑马、耍猴等文艺节目助兴。

3. 贴秋膘

民间流行在立秋这天以悬秤称人，将体重与立夏时对比。因为夏季炎热，没什么胃口，饭食清淡简单。立秋后天气开始凉爽，想吃点好的补充营养，补的办法就是“贴秋膘”：在立秋这天吃各种各样的肉，炖肉、烤肉、红烧肉等，“以肉贴膘”。

4. 啃秋

“啃秋”也称为“咬秋”。立秋这天吃西瓜或香瓜，寓意炎炎夏日酷热难熬，时逢立秋，将其咬住。啃秋抒发的实际上是一种丰收的喜悦。

5. 秋社

秋社原是秋季祭祀土地神的日子，始于汉代，后世将秋社定在立秋后第五个戊日。此时收获已毕，官府与民间皆于此日祭神答谢。唐韩偓《不见》诗：“此身愿作君家燕，秋社归时也不归。”

梧桐葉落
谷圓綴目
頎正鮮妍

立秋养生

立秋是由热转凉的交接节气，由阳盛逐渐转变为阴盛的时期。但立秋仍处于中伏，天气依然炎热。在气候转变的关键时期，养生尤为重要。因此立秋后养生，凡精神情志、饮食起居、运动锻炼等方面皆以养“收”为原则。

1. 立秋穿衣注意“春捂秋冻”

我国自古以来就流传着“春捂秋冻，不生杂病”的养生保健谚语。秋季穿衣要顺应“阴津内蓄，阳气内收”的需要，适当地冻一冻。“秋冻”不能简单地理解为“遇冷不穿衣”，意思是晚秋可适当拖延增加衣服的时间，但要以自己能接受为限度。

2. 立秋饮食宜少辛多酸

秋季燥气上升，易伤津液，在饮食上应以滋阴润肺为宜，考虑到天气还可能会依旧炎热，可通过多吃蔬菜、水果来降暑祛热，还可及时补充体内维生素和矿物质，中和体内多余的酸性代谢产物，起到清火解毒的作用。

3. 立秋后起居宜早卧早起

因为“早卧”可调养人体中的阳气，“早起”则可使肺气得以舒展，防止收敛太多。秋季适当早起，还可减少血栓形成的机会，对于预防脑血栓等缺血性疾病发病有一定作用。一般来说，秋季以晚 9 点至 10 点入睡，早晨 5 点至 6 点起床比较合适。

4. 立秋后适量运动忌大汗

入秋后，人体顺应四时变化，阳经阳气都逐渐收敛内养，身体的柔韧性和四肢的伸展度都不如夏季，秋季容易出现秋乏等现象，所以秋季运动不宜太激烈，最好慢慢地增加运动量，避免大量消耗氧气，切忌大汗淋漓，最好的锻炼效果就是感觉轻松舒服。锻炼的同时，要注意补充水分。

处暑三候

○一候鹰乃祭鸟。

老鹰开始大量捕猎鸟类。

○二候天地始肃。

天地间万物开始凋零。

○三候禾乃登。

禾乃登的『禾』指的是黍、稷、稻、粱类农作物的总称，『登』即成熟的意思，意思就是开始秋收。

二十四节气之

处暑

○每年8月22～24日，太阳位于黄经150°时是处暑节气，处暑是二十四节气中的第十四个节气。

《月令七十二候集解》：『七月中。处，止也。暑气至此而止矣。』处暑即为『出暑』，『处』是指『终止』，处暑的意义是『夏天暑热正式终止』。

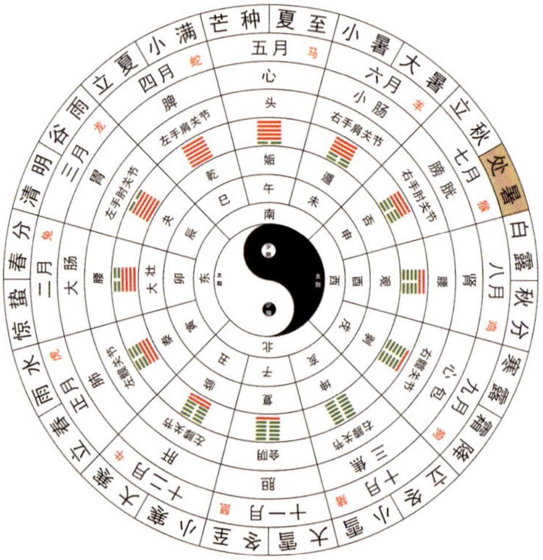

春	立春 *Spring begins* 02月03 ~ 05日	雨水 *The rains* 02月18 ~ 20日	惊蛰 *Insects awaken* 03月05 ~ 07日
	春分 *Vernal equinox* 03月20 ~ 22日	清明 *Clear and bright* 04月04 ~ 06日	谷雨 *Grain rain* 04月19 ~ 21日
夏	立夏 *Summer begins* 05月05 ~ 07日	小满 *Grain buds* 05月20 ~ 22日	芒种 *Grain in ear* 06月05 ~ 07日
	夏至 *Summer solstice* 06月21 ~ 22日	小暑 *Slight heat* 07月06 ~ 08日	大暑 *Great heat* 07 月22 ~ 24日
秋	立秋 *Autumn begins* 08月07 ~ 09日	处暑 *Stopping the heat* 08月22 ~ 24日	白露 *White dews* 09月07 ~ 09日
	秋分 *Autumnal equinox* 09月22 ~ 24日	寒露 *Cold dews* 10月08 ~ 09日	霜降 *Hoar-frost falls* 10月23 ~ 24日
冬	立冬 *Winter begins* 11月07 ~ 08日	小雪 *Light snow* 11月22 ~ 23日	大雪 *Heavy snow* 12月06 ~ 08日
	冬至 *Winter solstice* 12月21 ~ 23日	小寒 *Slight cold* 01月05 ~ 07日	大寒 *Great cold* 01月20 ~ 21日

处暑　张德治 摄

每年 8 月 22 ~ 24 日，太阳位于黄经 150° 时是处暑节气，处暑是二十四节气中的第十四个节气。

《月令七十二候集解》:“七月中。处，止也。暑气至此而止矣。”处暑即为“出暑”,“处”是指“终止”,处暑的意义是“夏天暑热正式终止”。所以有俗语说：争秋夺暑，是指立秋和处暑之间的时间，虽然秋季已经来临，但暑气仍然未减。

处暑期间，白天热，早晚凉，昼夜温差大，降水少，空气湿度低。受冷高压影响，率先进入一年之中最美好秋高气爽的天气只有我国东北、华北、西北。当冷空气影响带来刮风天气，形成秋雨，人们会感到较明显的降温，故有“一场秋雨一场寒”之说。

处暑以后，除华南和西南地区外，我国大部分地区雨季将结束，降水逐渐减少，尤其是华北、东北和西北地区必须抓紧蓄水、保墒，以防秋

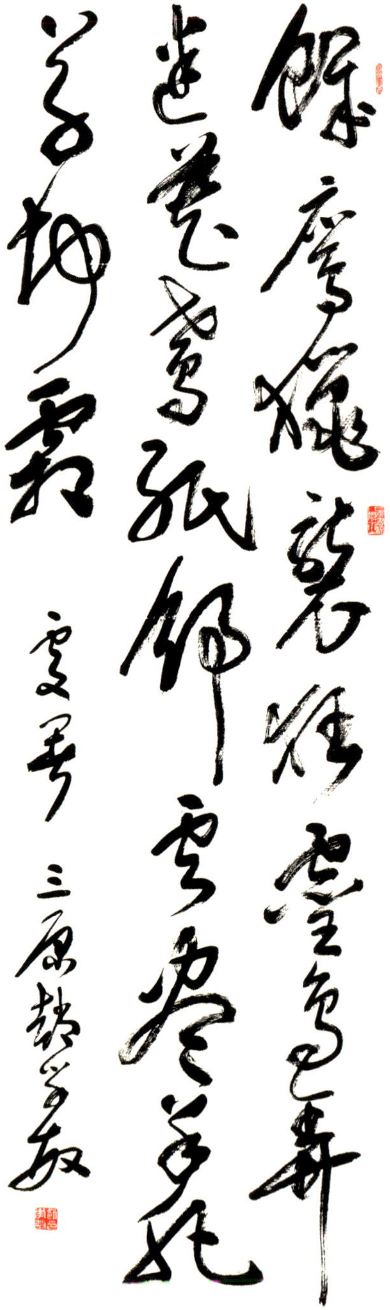

种期间出现干旱而延误冬作物的播种期。处暑是华南雨量分布由西多东少向东多西少转换的前期。这时华南中部的雨量常是一年里的次高点，比大暑或白露时为多。因此，为了保证冬春农田用水，必须认真抓好这段时间的蓄水工作。高原地区处暑至秋分会出现连续阴雨天气，对农牧业生产不利。我国南方大部分地区这时也正是收获中稻的大忙时节。这时节连作晚稻正处于拔节、孕穗期，是最需要肥料和水的关键时期，要注意灌好“养胎水”，施好“保花肥”，并加强以防治稻飞虱和白叶枯病为主的田间管理。一般年辰处暑节气内，华南日照仍然比较充足，除了华南西部以外，雨日不多，有利于中稻割晒和棉花吐絮。可是少数年份也有如杜诗所言“三伏适已过，骄阳化为霖”的景况，秋绵雨会提前到来。所以要特别注意天气预报，做好充分准备，抓住每个晴好天气，不失时机地搞好抢收抢晒工作。

处　暑

饥鹰猎袭狂，灵鸟弄迷藏。
鸢纸舒云尽，羊肥草地霜。

诗文赏析

赵学敏先生《处暑》一诗以白描手法立体式描绘处暑时景色。从处暑节气物候特点来反映处暑节气的特色。诗人刻画了鹰、鸟和绵羊的表现，生动形象地描绘了处暑节气物候变化的特色。起句和承句“饥鹰猎袭狂，灵鸟弄迷藏”，描写饥鹰捕猎鸟类的场面，生动逼真。转句“鸢纸舒云尽”，指处暑秋高气爽，此时人们有放风筝的习俗，把愉快放飞的心情勾勒出来了。合句“羊肥草地霜”，描绘草地上的绵羊，远远望去，像草地上下过一层霜，一下子把农牧民丰收的喜悦鲜活地表现出来了。

名家点评

言恭达先生评价：赵学敏先生《处暑》一诗点画顾盼，左右呼应，融隶于草，趣味无穷。在点画来龙去脉的交代过程中，一丝不苟，笔笔到位，胸中饶有慷慨之意，笔下却显沉稳之势，既动亦静，既纵亦擒，线条的运动始终提按有致、控制有度，可见书家驾驭笔墨的技巧之高、腕底的功夫之深。

台湾中国书法学会理事长沈荣槐评价：赵学敏先生《处暑》一诗反映了节气的物候现象，透过笔墨飞舞跃然于纸上，意象灵动万分。作品展现出了诗文、书艺融为一体，彰显了个人哲理感悟体会，及对人文及自然的关怀，弘扬中华传统艺术文化同时并探索创新，意韵悠远，别具深意。

处暑习俗

1. 中元节

处暑前后民间会有庆赞中元的民俗活动，俗称作“七月半”或“中元节”，与清明、农历十月初一合为三鬼节。旧时民间从七月初一起，就有开鬼门的仪式，直到月底关鬼门止，都会举行普度布施活动，祈求鬼魂帮助去除疫病和保佑家宅平安。时至今日，已成为祭祖的重大活动时段。

2. 出游迎秋

处暑之后，秋意渐浓，正是人们畅游郊野、迎秋赏景的好时节。处暑过，暑气止，就连天上的那些云彩也显得疏散而自如，而不像夏天大暑之时浓云成块。民间向来就有“七月八月看巧云”之说，其间就有“出游迎秋”之意。

3. 开渔节

处暑时节鱼虾贝类生长得比较成熟了，对于渔民们来说，正是渔业

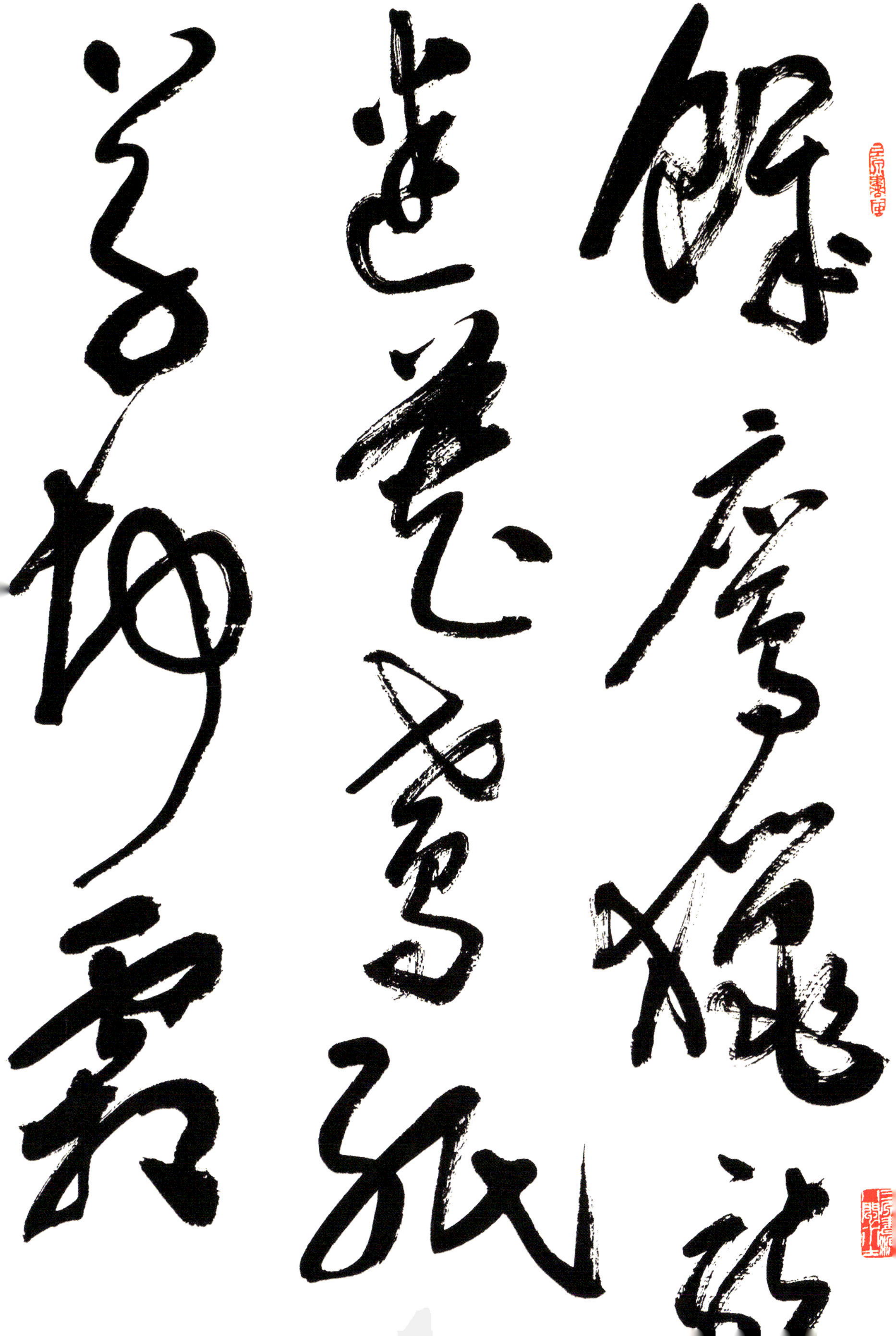

收获的时节，沿海地区会举行十分隆重的开渔节，欢送渔民开船出海。

4. 处暑吃鸭子

鸭肉味甘、咸、性凉，具有滋阴养胃、利水消肿的作用，适用于骨蒸劳热、小便不利、遗精、女子月经不调等。民间有处暑吃鸭子的传统。北京至今还保留着这一传统，处暑这天，北京人都会到店里去买处暑百合鸭等。

处暑养生

处暑节气三伏天气已过或接近尾声，暑气至此而止。天气转凉，昼夜形成较大的温差，人们此时往往对夏秋之交的冷热变化不很适应，一不注意就容易引发呼吸道病、肠胃炎、感冒等，所以会有“多事之秋”之说。人们的养生应注意几个要点：

1. 早睡早起，保持充足睡眠

处暑过后天气转凉，自然界的阳气由疏泄趋向收敛，人体内阴阳之气的盛衰也随之转换，秋乏也就随之出现。调整作息，做到早睡早起、适当午休，有助于缓解秋乏。夜晚睡觉应关好门窗，腹部盖薄被，防止秋风流通使脾胃受凉。

2. 多喝水、多喝粥，预防秋燥美容颜

处暑后，天气较为干燥、少雨，人体会因此不适，发生诸如皮肤紧绷、起皮脱屑、毛发枯燥、嘴唇干燥或裂口、大便干结等秋燥现象。多喝水、多喝粥正好预防秋燥。

3. 保护脐部，预防疾病

肚脐部位的表皮最薄，对外部刺激特别敏感。处暑节气过后，天气渐凉，如果对脐部防护不当，寒气就很容易通过肚脐侵入人体，引发身体不适。

4. 少吹空调、少开电扇保健康

处暑时节早晚温差较大，肺炎、哮喘等呼吸道疾病很容易发作，也是高血压病、冠心病、心肌梗死、中风等疾病的高发期。而经常吹空调、吹电扇，很可能引发肩周炎、颈椎病、痛风等毛病，还可能导致腹泻、胃炎和肠炎等消化系统疾病。

5. 适量锻炼要坚持

秋季里气候清爽宜人，多到户外走走，勤晒太阳，适当做些有氧运动，可以促进血液循环、加快新陈代谢。但运动不宜太过，避免大量出汗，以伤阳气。

白露三候

○一候鸿雁来。

鸿雁自北方飞向南方，以避寒冬。

○二候玄鸟归。

燕子春来秋去，自北方飞回南方。

○三候群鸟养羞。

百鸟开始贮存干果粮食以备过冬。

二十四节气之

白露

○每年9月7～9日，太阳位于黄经165°时是白露节气，白露是二十四节气中的第十五个节气。《诗经》中有名句：『蒹葭苍苍，白露为霜。所谓伊人，在水一方。』『白露为霜』的霜，非霜降之霜，霜降为霜之冰晶，而白露之『霜』不过是气温骤降，清露因沉浊而变奶白，感伤形容而已。

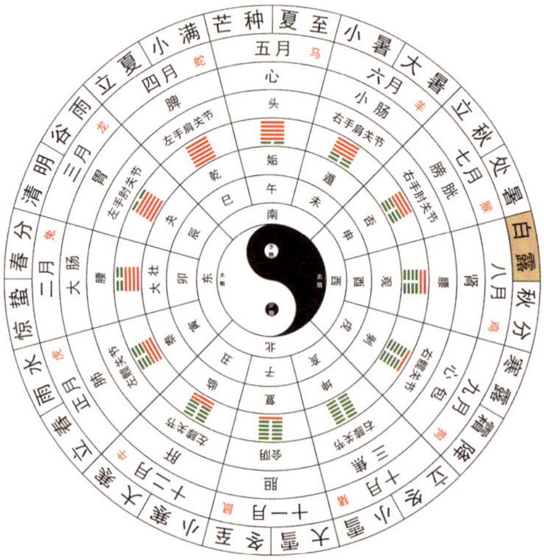

春	立春 *Spring begins* 02月03 ~ 05日	雨水 *The rains* 02月18 ~ 20日	惊蛰 *Insects awaken* 03月05 ~ 07日
	春分 *Vernal equinox* 03月20 ~ 22日	清明 *Clear and bright* 04月04 ~ 06日	谷雨 *Grain rain* 04月19 ~ 21日
夏	立夏 *Summer begins* 05月05 ~ 07日	小满 *Grain buds* 05月20 ~ 22日	芒种 *Grain in ear* 06月05 ~ 07日
	夏至 *Summer solstice* 06月21 ~ 22日	小暑 *Slight heat* 07月06 ~ 08日	大暑 *Great heat* 07月22 ~ 24日
秋	立秋 *Autumn begins* 08月07 ~ 09日	处暑 *Stopping the heat* 08月22 ~ 24日	白露 *White dews* 09月07 ~ 09日
	秋分 *Autumnal equinox* 09月22 ~ 24日	寒露 *Cold dews* 10月08 ~ 09日	霜降 *Hoar-frost falls* 10月23 ~ 24日
冬	立冬 *Winter begins* 11月07 ~ 08日	小雪 *Light snow* 11月22 ~ 23日	大雪 *Heavy snow* 12月06 ~ 08日
	冬至 *Winter solstice* 12月21 ~ 23日	小寒 *Slight cold* 01月05 ~ 07日	大寒 *Great cold* 01月20 ~ 21日

白露　张德治 摄

每年9月7～9日，太阳位于黄经165°时是白露节气，白露是二十四节气中的第十五个节气。《诗经》中有名句："蒹葭苍苍，白露为霜。所谓伊人，在水一方。""白露为霜"的霜，非霜降之霜，霜降为霜之冰晶，而白露之"霜"不过是气温骤降，清露因沉浊而变奶白，感伤形容而已。

白露是反映自然界孟秋结束和仲秋开始的节气。此时天气逐渐转凉，白昼阳光尚热，然太阳一归山，气温便很快下降，至夜间空气中的水汽便遇冷凝结成细小的水滴，非常密集地附着在花草树木的绿色茎叶或花瓣上，呈白色，尤其是经早晨的太阳光照射，看上去更加晶莹剔透、洁白无瑕，煞是惹人喜爱，因而得"白露"美名。

《月令七十二候集解》中说："白露，八月节。秋属金，金色白，阴气渐重露凝而白也。"这是说进入白露节气后，夏季风逐步被冬季风所代替，冷空气转守为攻，暖空气逐渐退避三舍。冷空气分批南下，往往带来一定

白露

三原邸瑞萱敬书

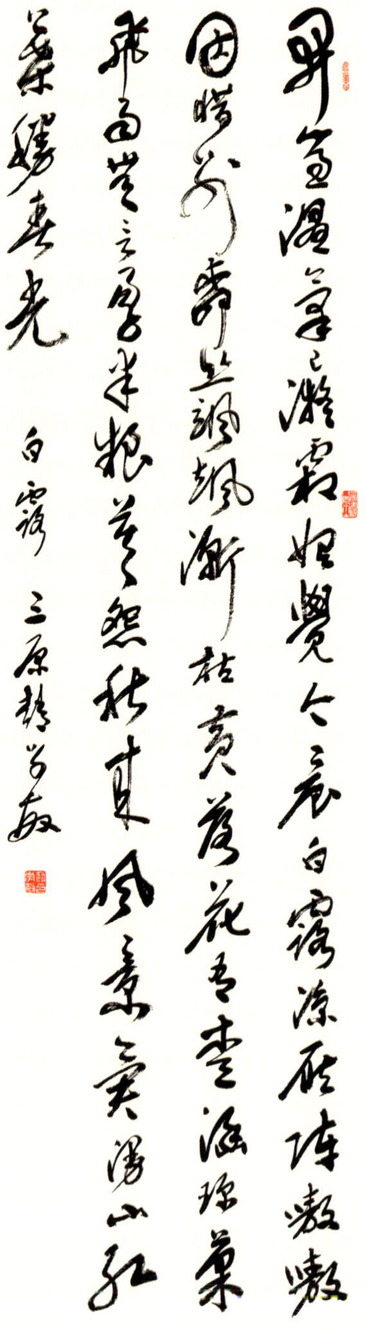

范围的降温幅度。人们爱用“白露秋分夜，一夜凉一夜”的谚语来形容气温下降速度加快的情形。而且这时节，正是“八月雁门开，雁儿脚下带霜来”，对气候最为敏感的候鸟，特别是大雁，便发出集体迁徙的信息，准备向南飞迁。起程佳期多在仲秋的月明风清之夜，好像给人传书送信——天气冷了。

但是此时，正当仲秋季节，气候却一如春季，不仅花木依然茂盛，而且有的花的颜色较春天更艳。此时天高云淡，气爽风凉，可谓是一年之中最可人的时节。和缓的秋风吹出了一片属于秋的颜色，露珠晶莹剔透、花木依然繁盛、瓜果飘香、稻海茫茫，正是黄金旅游季节。

农业上，经过一个春夏的辛勤劳作之后，人们迎来了瓜果飘香、作物成熟的收获季节。有句谚语说:“白露白迷迷，秋分稻秀齐。”意思是说，白露前后若有露，则晚稻将有好收成，要收割的庄稼赶紧收吧，并备好寒衣，迎接“三秋”大忙季节的到来。从白露开始，西北、东北地区的冬小麦已开始播种，华北冬小麦的播种也即将开始。

白　露

开帘湿气已凝霜，始觉今晨白露凉。
雁阵嗷嗷因惜别，柳丝飒飒渐枯黄。
落花有爱涵珍果，飞雨无言孕米粮。
莫怨秋来风景异，漫山红叶胜春光。

诗文赏析

赵学敏先生《白露》一诗，通过对近景和远景的观察描述，对白露节气物候描写得出神入化。首联“开帘湿气已凝霜，始觉今晨白露凉”，通过视觉和触觉的感受，一下子点出了白露节令的到来，立体感、诗意感都很强，读这首诗很容易使人想到杜甫“露从今夜白，月是故乡明”的诗句，诗人感悟化用过来的。颔联和颈联对仗工整，形象生动。颔联“雁阵嗷嗷因惜别，柳丝飒飒渐枯黄”，用拟人手法，把大雁迁徙、树叶枯黄的过程生动形象地描写出来。特别是颈句“落花有爱涵珍果，飞雨无言孕米粮”，被许多读者赞赏为难得一见的佳联：珍果之硕，涵落花深情之爱；米粮之丰，蕴飞雨无言之功，诗歌意象极为瑰奇而饶有哲理，朴素自然如芙蓉出水、落花依草，没有对自然、对生活的深度感悟，不能道出“落花”、“飞雨”的意象，也无疑是对奉献精神的由衷礼赞。尾联“莫怨秋来风景异，漫山红叶胜春光”是说，虽然秋天来临，万木开始萧条，但秋季的漫山红叶不输春天美景的光彩。

名家点评

王景山先生评价：看了赵学敏先生的自作诗书作品，令我大为震撼。作为一位书法家，作品多以书写自作诗为主，且紧贴自己工作领域，息息关切人民与国家所望；尤其难得的是，前后四五年时间研究创作出了令专家认可、同行敬佩、百姓喜爱的《二十四节气诗》，以及对保护自然环境视为生存与发展国策的《情倾生态》系列诗书，让观者强烈感受到，书家学敏先生始终拥有一种中华文化的大视野、大胸怀，来寄情于诗书。这一赵学敏书法现象，很值得书法评论界关注。现为全国政协书画室副主任、曾连续当选三届中国书协理事和长期担任中国野生动物保护协会会长的学敏先生，是一位情系苍生、非常接地气的人民书法家。

此说可从“三源”追溯得源。

一源，即原创的感情。遍观学敏先生所书自作诗文，皆发于书家自己内心流出的真情实感，诗文字字铿锵，句句有声；书法字里行间充盈着

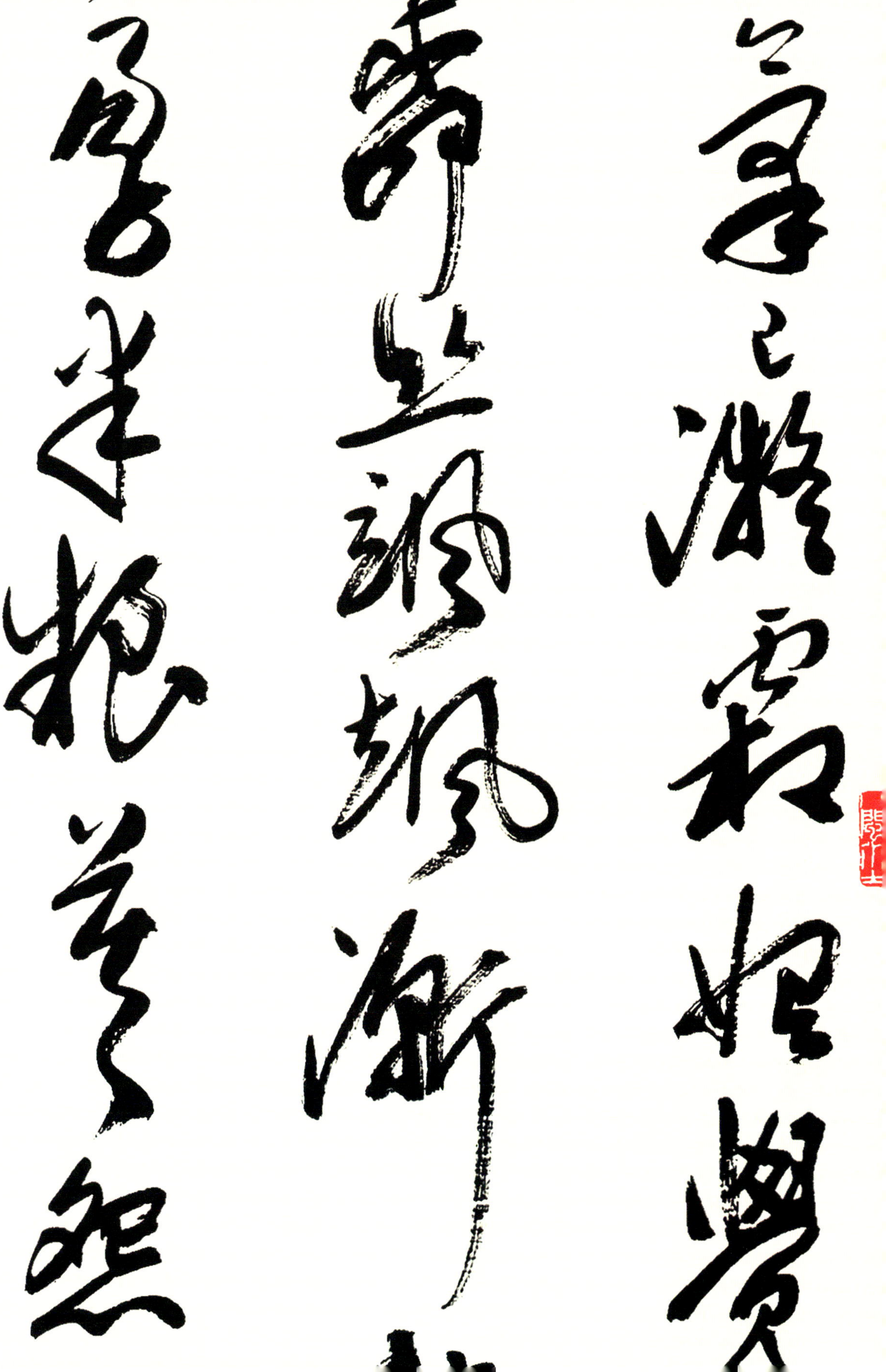

浓浓刚强秀逸的大美之气；既无丝毫造作的无病呻吟，也无哗众取宠的市侩与霸气，尤其没有受名缰利锁左右的铜臭气。那是他真实人格修养与人生经历的真实表露。如“耕牛遍走鱼欢跳，珍爱春光贵在勤”（七绝《立春》），“青蛙跃立绿荷裙，蚯蚓耕田格外勤。麦海波翻腾碧浪，油花潮涌滚黄金。苍柯繁茂菜蔬美，芳草葳蕤佳果珍。最是庄稼见日长，累在田间喜在心”（七律《立夏》），这些朗朗上口喷发着浓浓泥土芬芳的诗句，如果没有对中华农耕文化的敬畏之心，对农村生产生活的深切感受，是无论如何也写不出来的。

而“林兴人和谐，绿增民富裕”的五言行书自作联，则饱含书家对自然生态的关切之情。

1945年出生于陕西三原农村的赵学敏，从公社书记、市委书记、省委副书记，到国家林业局副局长，一直没有离开过农业和林业的领导工作岗位，对“三农”和生态有着与生俱来的特殊感情。正是因为这种深植于心的情愫，不管是进农村还是入林区，他的笔始终围绕国家发展农业、保护生态这一民生大计，创作出“贴近实际、贴近群众、贴近生活”，带着炙热温度与情感的诗文书法作品。

二源，即原创的诗文。今天我们看到的近七十幅书法展品和刚刚出版带着墨香的两本诗文集，从内容到形式，全部系书家学敏先生的原创之作。其中先后五年向民间、文献、专家求证后创作完成的《二十四节气诗》，并以多种书体写出公展，在书坛和社会引起极大关注。众所周知，二十四节气系我国古代订立的一种用来指导农事活动的历法，因其能反映季节的变化，至今影响着千家万户的衣食住行，特别是在农村，即使目不识丁的农民，也能熟练背唱出二十四节气歌。2016年11月，中国申报的“二十四节气——中国人通过观察太阳周年运动而形成的时间知识体系及其实践”，被列入联合国教科文组织人类非物质文化遗产代表作名录。今年年初，学敏先生又把这二十四首自创节气诗，以俊逸的小草书写成18

米长、0.5 米宽的书法长卷。该长卷一气呵成，一字不漏不错，通篇流畅至极、自然至极、清新至极，诗文合璧，大有抒情遣意的诗化之书境，实为当代书坛所罕见。自书《二十四节气诗》，显示了赵先生在其驾驭原创诗文上的思想高度和艺术造诣。

三源，即原创的书法。举笔书艺六十多年来，学敏先生以宗法于体（于右任）开蒙至深研，来确立自己的审美大方向；再通过对“二王”、魏碑、唐楷下的大功夫，来展现碑骨帖魂“威而不猛”的精神气度，形成有别于今草、狂草和章草的自家行草书风范。学敏先生明确主张：“不论哪种书体形式，都要自然规范，人民群众能够认得、读懂，明白所读书法作品的含义，从书法作品中得到激励和美的享受，陶冶情操，这才是人民群众喜爱的书法艺术。我在自己的书法学习、研究、创作中，坚持做到这一点，并努力做一个人民书法家。”

学敏先生力倡并践行不渝的人民书法理念，使他的书艺创作始终遵循人民、时代、生活作为自己的书法源泉、准则和归宿的原则。

陕西三原，不仅孕育了一代书法大家于右任先生，学敏先生步其后创“三源”（原创的感情、原创的诗文、原创的书法），再续三原书法之盛。通过此次学敏先生的自作诗书展，让我们看到了一位情系苍生的人民书法家的襟怀和所展现的书法阳刚之美，看到了他在弘扬扩展“文以载道”实践中“书艺载道”的新样式。我景仰的周汝昌老先生曾言：“中华传统之论才，首举诗、书、画。此三者之独为人重，是由于它们在群艺中品格最高，成就最难。能擅其一，已是名家传艺。”而学敏先生竟能将诗与书二绝萃于一身，二者浑然天成，必将焜耀书坛！

白露习俗

白露节气在我国的传统文化中很有特色，特别是民间风俗丰富多彩，富有人文情趣。

1. 祭禹王

白露节气是中华民族祭禹王的日子，禹王是传说中的治水英雄大禹，被渔民称为“水路菩萨”。每年正月初八、清明、七月初七和白露时节，我国渔区特别是太湖等地区，举行祭禹王的香会。活动期间，《打渔杀家》是必演的一台戏，它寄托了人们对美好生活的一种祈盼和向往。

2. 收取清露

古人常用露做饮料。《山海经》记述：“诸沃之野，摇山之民，甘露是饮。不寿者，八百岁。”古人认为露以秋季的为佳。《本草纲目》称秋露多时，可以用盘收取，煎煮使之稠如饴，可使人延年益寿。长期以来，人们用清露洗眼睛，用清露制作眼药水。白露时节民间有用瓷器收取草头清露的习俗，和以朱砂或者上等的墨汁，点染小孩额头及心窝，称之为天灸，以祛百病。

3. 喝白露茶

民间有“春茶苦，夏茶涩，要喝茶，秋白露”的说法。白露茶既不像春茶那样鲜嫩、不经泡，也不像夏茶那样干涩味苦，而是有一种独特甘醇清香味，尤受老茶客喜爱。

4. 斗蟋蟀

蟋蟀，亦称促织，雄虫能鸣善斗，秋夜振翅发声，凄凉清脆，声音悦耳。在古代，江南地区一般在白露前后开始斗蟋蟀的游戏，到了重阳后停止，称之为秋兴，俗名斗赚绩。

5. 打枣、吃龙眼

白露前后农家开始收枣，用竹竿打枣用力要轻，以减轻对枣树的伤害，否则影响来年枣树产量，这种情况老人家称之为“打聋”。龙眼俗称“桂圆”，是我国南方地区的特产。古时有“南桂圆、北人参”的说法。白露时节，龙眼个大味甜口感好，龙眼本身就有益气补脾、养血安神、润肤美容等多种功效，还有助治疗贫血、失眠、神经衰弱等多种疾病。我国南方地区，尤其是福建，有“白露吃龙眼”习俗。

民间习俗还有很多，如：浙江温州过白露节、苏浙地区酿白露米酒、温州文成吃番薯、苏州吃鳗鱼等。

白露养生

白露过后，我国就真正进入了秋季，气温开始逐渐下降，人们可以明显感觉到“一场秋雨一场寒”。谚语也说道：“白露节气勿露身，早晚要叮咛。”这是在告诉人们，此时天气冷暖多变，特别是早晚更添几分凉意，容易诱发伤风感冒或导致旧病复发。所以，白露养生应该记住以下四个秘诀。

1. 早晚注意保暖

谚语云：“白露身不露，寒露脚不露。”就是提醒大家早、晚注意保暖，需要添加衣服。白露节气天气就进入典型的秋天，早晚温差大，如果这时候再赤膊露体，短衣短裤，就容易受凉生病。

2. 注意营养，养肺润燥

白露是一年中昼夜温差最大的一个节气。白露时节的饮食应当以健脾润燥为主，宜吃性平味甘或甘温之物，宜吃营养丰富、容易消化的平补食品。

3. 动静结合，调养心神

白露是一年中锻炼身体的好季节，此时选择运动项目应因人而异，量力而行并持之以恒。秋季容易出现低沉甚至抑郁的情绪，在进行以上运动锻炼的同时，还应注意心理养生，保持愉快的心情。

4. 温水泡脚，补养肾气

从白露开始，天气越来越凉，有些人出现手脚冰凉、肢体怕冷、乏力等症状，这是肾气不足的表现，晚上用温水泡脚，可以补养肾气，驱除寒冷，促进新陈代谢，有利于睡眠。

秋分三候

○ 一候雷始收声。

古人认为雷是因为阳气盛而发声，秋分后阴气开始旺盛，所以不再打雷了。

○ 二候蛰虫坯户。

『坯』字是细土的意思，就是说由于天气变冷，蛰居的小虫开始藏入穴中，并且用细土将洞口封起来以防寒气侵入。

○ 三候水始涸。

此时降雨量开始减少，由于天气干燥，水分蒸发快，所以湖泊与河流中的水量变少，一些沼泽及水洼处便逐渐干涸。

二十四节气之秋

○每年9月22～24日，太阳位于黄经180°时是秋分节气，秋分是二十四节气中的第十六个节气，恰好是从『立秋』到『霜降』这90天秋季的一半。秋在四时中对应五行中的金，故人们也将秋天称为金秋。

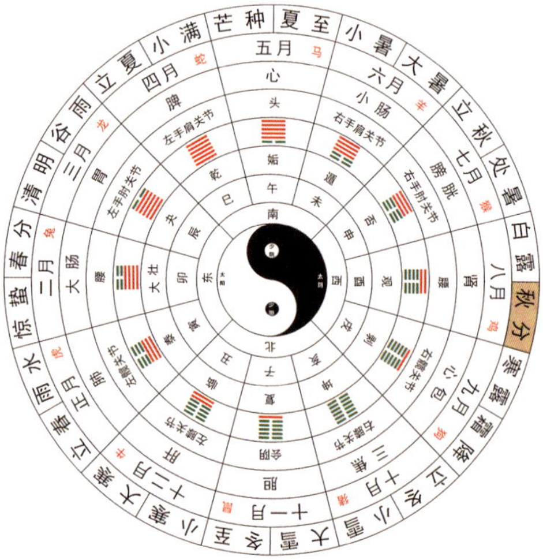

春	立春 *Spring begins* 02月03 ~ 05日	雨水 *The rains* 02月18 ~ 20日	惊蛰 *Insects awaken* 03月05 ~ 07日
	春分 *Vernal equinox* 03月20 ~ 22日	清明 *Clear and bright* 04月04 ~ 06日	谷雨 *Grain rain* 04月19 ~ 21日
夏	立夏 *Summer begins* 05月05 ~ 07日	小满 *Grain buds* 05月20 ~ 22日	芒种 *Grain in ear* 06月05 ~ 07日
	夏至 *Summer solstice* 06月21 ~ 22日	小暑 *Slight heat* 07月06 ~ 08日	大暑 *Great heat* 07 月22 ~ 24日
秋	立秋 *Autumn begins* 08月07 ~ 09日	处暑 *Stopping the heat* 08月22 ~ 24日	白露 *White dews* 09月07 ~ 09日
	秋分 *Autumnal equinox* 09月22 ~ 24日	寒露 *Cold dews* 10月08 ~ 09日	霜降 *Hoar-frost falls* 10月23 ~ 24日
冬	立冬 *Winter begins* 11月07 ~ 08日	小雪 *Light snow* 11月22 ~ 23日	大雪 *Heavy snow* 12月06 ~ 08日
	冬至 *Winter solstice* 12月21 ~ 23日	小寒 *Slight cold* 01月05 ~ 07日	大寒 *Great cold* 01月20 ~ 21日

秋分　张德治 摄

每年 9 月 22 ~ 24 日，太阳位于黄经 180° 时是秋分节气，秋分是二十四节气中的第十六个节气，恰好是从“立秋”到“霜降”这 90 天秋季的一半。秋在四时中对应五行中的金，故人们也将秋天称为金秋。

2018 年 6 月 21 日，党中央、国务院决定自 2018 年起，将每年秋分设立为“中国农民丰收节”。这既是对传统“二十四节气”这种古人智慧结晶的致敬与传承，也更加体现了当代中国人顺应自然规律和适应可持续的生态发展观。

秋分是天气由热转凉的分水岭。从秋分始，风和日丽，丹桂飘香，蟹肥菊黄，正是一派瓜果飘香谷满仓的丰收景象。在传统意义上，秋分既是秋收冬藏的终点，更是春耕夏耘的起点。

“秋分”与“春分”一样，都是古人最早确立的节气。《春秋繁露·阴阳出入上下篇》云：“秋分者，阴阳相伴也，故昼夜均而寒暑平。”“秋分”

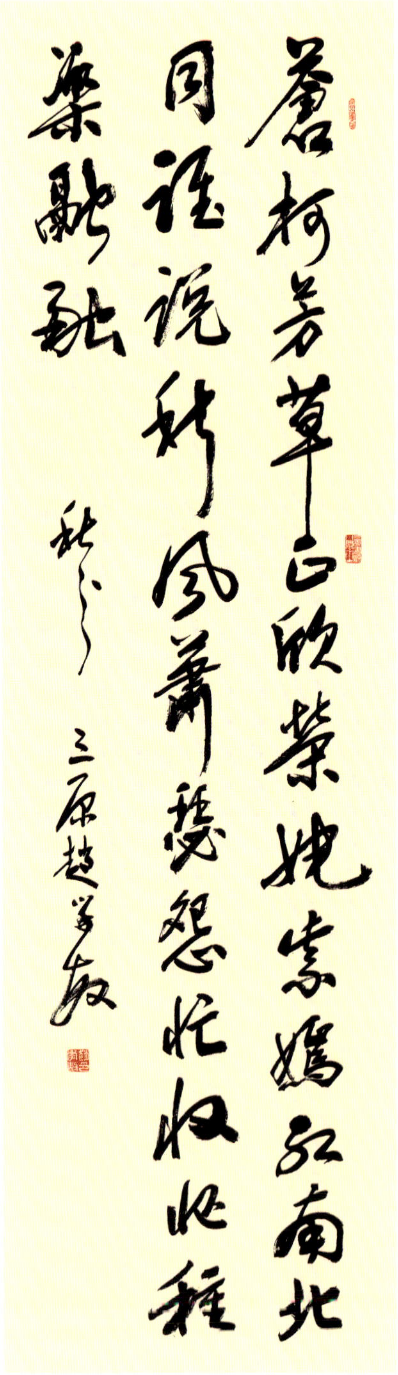
蒼柯芳草已欣榮姹紫嫣紅南北
同誰說秋風蕭瑟怨忙收忙種
樂融融
秋分

的意思有二：一是按我国古代以立春、立夏、立秋、立冬为四季开始划分四季，秋分日居于秋季90天之中，平分了秋季；二是此时一天24小时昼夜均分，各12小时。此日同“春分”日一样，“秋分”日，阳光几乎直射赤道，此日后，阳光直射位置南移，北半球昼短夜长的现象将越来越明显。

秋分时节，我国大部分地区已经进入凉爽的秋季，南下的冷空气与逐渐衰减的暖湿空气相遇，产生一次次的降水，气温也逐渐下降，昼夜温差逐渐加大，幅度将高于10℃以上。正如人们通常所说的那样，到了“一场秋雨一场寒”的时候。秋分节气，也是农业生产上重要的节气。此时，南、北方的田间耕作各有不同。在我国的华北地区有农谚说：“白露早，寒露迟，秋分种麦正当时。”谚语中明确规定了该地区播种冬小麦的时间；而“秋分天气白云来，处处好歌好稻栽”，则反映出江南地区播种水稻的时间。秋季降温快的特点，使秋收、秋耕、秋种的“三秋”大忙显得格外紧张。据考证，我国很早就以“秋分”作为耕种的标志了。东汉崔寔在《四民月令》中写道：“凡种大小麦得白露节可中薄田，秋分中中田，后十日中美田。”秋分，正是收获的大好时节。农民朋友们要及时抢收秋收作物，免遭受早霜冻和连阴雨的危害；还要适时早播冬作物，为来年丰产奠定基础。

秋　分

苍柯芳草正欣荣，姹紫嫣红南北同。
谁说秋风萧瑟怨？忙收忙种乐融融。

诗文赏析

赵学敏先生《秋分》一诗，立意表现丰收的喜悦。秋分时节，草木茂盛，水果和农作物臻于成熟，到处洋溢着丰收的喜悦。所以，起承两句“苍柯芳草正欣荣，姹紫嫣红南北同”，把大地硕果累累的丰收景象，描述得绘声绘色。而且，把秋分节气南北昼夜平分的节气特点反映出来了。转合两句是《秋分》诗的重点，旨在描写农民“三秋”大忙的繁忙景象。作者运用“谁说秋风萧瑟怨”的设问句形式，引出整首诗的主题：“忙收忙种乐融融。”这种反问对比的表现手法，把广大农民在“三秋”大忙时其乐融融的生动场景突出表现出来了，感人至深。

名家点评

中国书协学术委员会委员、著名评论家西中文评价：学敏先生《秋分》作品，用笔简净，中锋逆藏，笔笔到位，如锥画沙，毫无虚怯靡弱之感，笔锋转换处，提按掣收，都交代得十分清楚。因而其笔下的线条圆劲饱满，骨力中含，且富有变化。学敏先生用笔以碑派为根基，沉稳笃实，质朴拙厚，不重提按，不弄小巧，以圆笔为主，起止逆藏，骨力中含，圆劲如折钗股，虽细如髭发，亦见中锋主宰。他的书法风格追求端庄肃穆、平和温润的殿堂之风、正大气象。在笔法和结体上追求质朴古厚、平正通达而又富于变化、多姿多彩。学敏先生的作品，都有着碑的骨力，帖之神采，他把二者巧妙地结合在了一起，从而打造出具有自己特点的独特风格。

中国书协理事、《中国书法》杂志主编朱培尔评价：学敏先生《秋分》作品，以自作诗为书写内容，其豪情所至，心无挂碍，诗境与书境合而为一，水到渠成，一任天机。他以才情驭法度，用笔犀锐，到位的中锋用笔，使线条显示出一种外柔内刚的韧劲，且舒展而不散乱，清雅而不浮华，骨劲力厚。尤其是线条的精静绵密，擒纵自如，更为其傲人之处。由此不难看出，学敏先生的书法作品，不只是在写书法，而且是在写自己，写自己的心事与深情。他的书作给人以雍容文静、落落大方、端庄温柔、简洁平淡等自然高雅的气味。欣赏他的书法艺术，你会悠然地感到他那种

陪同中国书协副秘书长潘文海和中国书协理事、《中国书法》杂志主编朱培尔等人参观展览

人格的内涵与文化修为的分量。

秋分习俗

秋分是平分秋季的节气，是秋意正浓的代表日，人们很重视，于是民间形成各种秋分习俗。

1. 秋祭月

秋分曾是传统的“祭月节”。现在的中秋节则是由传统的“祭月节”演变而来。据考证，最初“祭月节”是定在“秋分”这一天，不过由于这一天在农历八月里的日子每年不同，不一定都有圆月。而祭月无月则是大煞风景的。所以，后来就将“祭月节”由“秋分”调至中秋。

据史书记载，早在周朝，古代帝王就有春分祭日、夏至祭地、秋分祭月、冬至祭天的习俗。其祭祀的场所称为日坛、地坛、月坛、天坛，分设在东南西北四个方向。

2. 送秋牛

秋分时分便会出现挨家送秋牛图的人。“秋牛图”是把二开红纸或黄纸印上全年节气，还要印上农夫耕田图样。送图者都是些民间善言唱者，主要说些秋耕和不违农时的吉祥话，言辞虽随口而出，却句句有韵动听。俗称“说秋”，说秋人便叫“秋官”。

3. 粘雀子嘴

秋分时节，在广大的农村还有煮汤圆吃的习俗。秋分这一天，农民都放下手中的农活，在家里做汤圆吃。除了自己食用外，还要把不用包心的汤圆十多个或二三十个煮好，用细竹叉扦着置于室外田边地坎，这就是“粘雀子嘴”，以免麻雀等破坏庄稼。

4. 放风筝、竖蛋

秋分期间还是孩子们放风筝的好时候，尤其是秋分当天，甚至大人们也参与。“秋分到，蛋儿俏”，在每年的春分或秋分这一天，我国很多地方都会有很多人在做“竖蛋”试验。

5. 吃秋菜

在岭南地区，有个“秋分吃秋菜”的习俗。“秋菜”是一种野苋菜，乡人称之为“秋碧蒿”。野苋菜含有丰富的胡萝卜素、维生素 C，有助于增强人体免疫功能，提高人体抗癌能力。岭南习俗和现在中医学提倡的秋天滋补是一致的，只不过岭南习俗更加典型，有点土生土长的味道。

秋分养生

秋分节气已真正进入秋季。作为昼夜时间相等的节气，人们在养生中也应本着阴阳平衡的规律，使机体保持“阴平阳秘”的原则。

1. 起居：早睡早起，注意保暖

《黄帝内经·素问·四气调神大论》记载："秋三月……早卧早起，与鸡俱兴。"秋分以后，气候渐凉，早卧以顺应阴精的收藏，以养收气；早起以顺应阳气的舒长，使肺气得以舒展。胃肠道对寒冷的刺激非常敏感，此时要特别注意胃部的保暖，适时增添衣服，夜晚睡觉盖好被子。

2. 饮食：清润、温润为主

秋分节气来临，天气干燥，人们的身体很容易缺水，从而开始"秋燥"。秋分的"燥"不同于白露的"燥"，秋分的"燥"是凉燥，而白露的"燥"是温燥，因此，在饮食方面要注意多吃一些清润、温润为主的食物。

3. 理疗：秋分艾灸，防病保健

秋分过后，天气逐渐转凉，此时艾灸可以扶助阳气，提高机体免疫力，起到防病保健的作用。

4. 精神：保持神志安宁

《黄帝内经·素问·四气调神大论》中说："使志安宁，以缓秋刑。收敛神气，使秋气平。无外其志，使肺气清。"秋分时的情绪养生十分重要，应培养乐观情绪，保持神志安宁，避肃杀之气，收敛神气，适应秋天平容之气。

5. 运动以轻松平缓项目为主

秋高气爽，也是锻炼的好季节。但由于人体阴精阳气正处在收敛内养阶段，运动也应遵循这一原则，宜选择轻松平缓、活动量不大的项目。

寒露三候

○一候鸿雁来宾。

鸿雁排成一字或人字形的队列大举南迁。

○二候雀入大水为蛤。

深秋天寒，雀鸟都不见了，古人看到海边突然出现很多蛤蜊，并且贝壳的条纹及颜色与雀鸟很相似，便误以为是雀鸟变成的。

○三候菊有黄华。

此时菊花已普遍开放。

二十四节气之

寒露

○每年10月8～9日，太阳位于黄经195°时是寒露节气，寒露是二十四节气中的第十七个节气。《月令七十二候集解》说：『九月节。露气寒冷，将凝结也。』寒露时节，南岭及以北的广大地区均已进入秋季，东北进入深秋，西北地区已进入或即将进入冬季，气温逐渐下降。

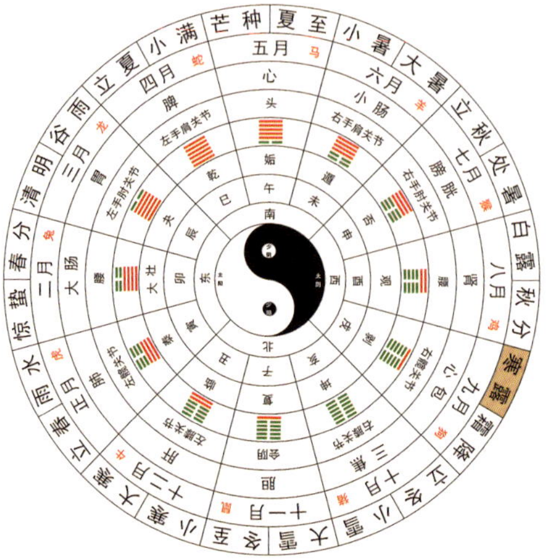

春	立春 *Spring begins* 02月03 ~ 05日	雨水 *The rains* 02月18 ~ 20日	惊蛰 *Insects awaken* 03月05 ~ 07日
	春分 *Vernal equinox* 03月20 ~ 22日	清明 *Clear and bright* 04月04 ~ 06日	谷雨 *Grain rain* 04月19 ~ 21日
夏	立夏 *Summer begins* 05月05 ~ 07日	小满 *Grain buds* 05月20 ~ 22日	芒种 *Grain in ear* 06月05 ~ 07日
	夏至 *Summer solstice* 06月21 ~ 22日	小暑 *Slight heat* 07月06 ~ 08日	大暑 *Great heat* 07 月22 ~ 24日
秋	立秋 *Autumn begins* 08月07 ~ 09日	处暑 *Stopping the heat* 08月22 ~ 24日	白露 *White dews* 09月07 ~ 09日
	秋分 *Autumnal equinox* 09月22 ~ 24日	寒露 *Cold dews* 10月08 ~ 09日	霜降 *Hoar-frost falls* 10月23 ~ 24日
冬	立冬 *Winter begins* 11月07 ~ 08日	小雪 *Light snow* 11月22 ~ 23日	大雪 *Heavy snow* 12月06 ~ 08日
	冬至 *Winter solstice* 12月21 ~ 23日	小寒 *Slight cold* 01月05 ~ 07日	大寒 *Great cold* 01月20 ~ 21日

寒露　张德治 摄

每年10月8～9日，太阳位于黄经195°时是寒露节气，寒露是二十四节气中的第十七个节气。《月令七十二候集解》说："九月节。露气寒冷，将凝结也。"寒露时节，南岭及以北的广大地区均已进入秋季，东北进入深秋，西北地区已进入或即将进入冬季，气温逐渐下降。白露、寒露、霜降三个节气，都表示水汽凝结现象，"白露"节气标志着炎热向凉爽的过渡，气温开始下降，天气转凉，早晨草木上有了露水。"寒露"节气标志着天气由凉爽向寒冷过渡，气温更低，空气已结露水，渐有寒意。正如谚语所说的那样，"寒露寒露，遍地冷露"。霜降表示天气更冷了，露水凝结成霜。

寒露以后，我国大部分地区在冷高压控制之下，雨季结束。寒露节气始于10月上旬末，10月下旬结束。太阳的直射点在南半球继续南移，北半球阳光照射的角度开始明显倾斜，地面所接收的太阳热量比夏季显著减少，冷空气的势力范围所造成的影响，有时可以扩展到华南。

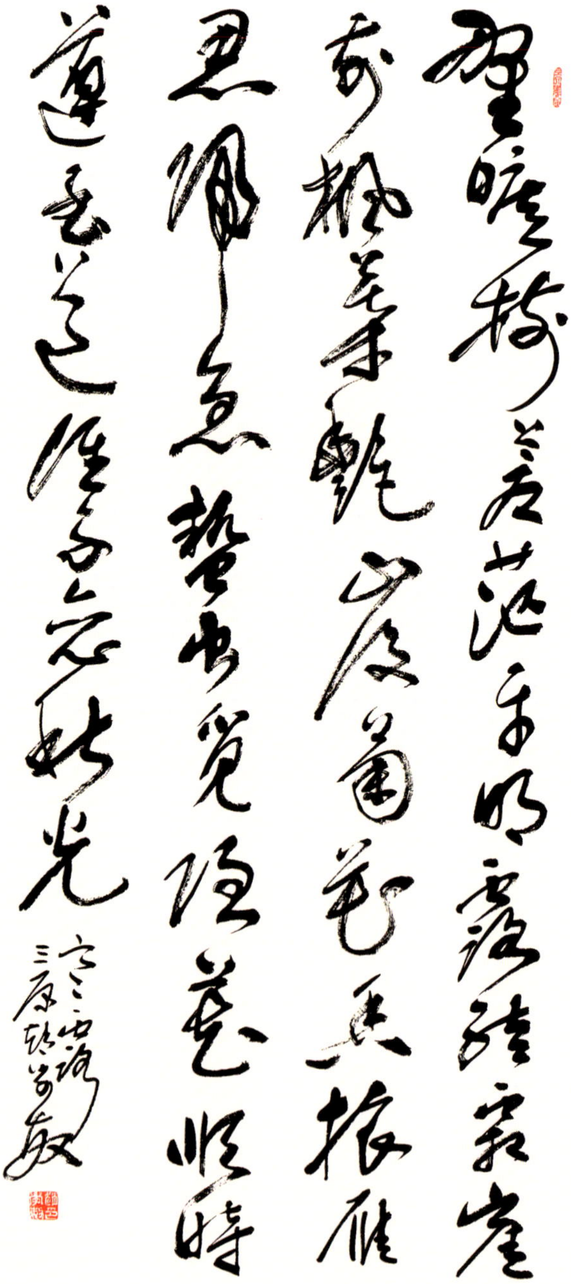

寒露期间，人们可以明显感觉到季节的变化，开始用“寒”字来表达自己对天气的感受了。寒露期间气温降得快、平均气温分布的地域差别明显。一场较强的冷空气带来的秋风、秋雨过后，温度下降 8 ~ 10℃已较常见。不过，风雨天气大多维持时间不长（华西地区除外），受冷高压的控制，昼暖夜凉，白天往往秋高气爽。

寒露期间，绵雨甚频，朝朝暮暮，溟溟霏霏，秋绵雨严重与否，直接影响“三秋”的进度与质量。为此，一方面要利用天气预报，抢晴天收获和播种；另一方面，也要因地制宜，采取深沟高厢等各种有效的耕作措施，减轻湿害，提高播种质量。在高原地区，寒露前后是雪害严重的季节之一，积雪阻塞交通，危害畜牧业生产，应该注意预防。

寒露之后，南方大部分地区才开始进入真正的秋季，偶然能见到几片树叶发黄。黄河中下游地区也到了“过了寒露，秋粮入库”的时候了。农民在场院上脱粒、翻晒，准备收藏入库了。“寒露种小麦，种一碗，收一斗”，这时候正是播种冬小麦的最后一段时间，抢种小麦不能歇，“晚种一天，少收一石”，这时节大田作物大部分已停止了生长。

寒　露

野旷树苍茫，平明露结霜。
崖前枫叶艳，山后菊花香。
旅雁思归急，蛰虫觅隐藏。
顺时遵至道，谁不恋秋光？

诗文赏析

赵学敏先生《寒露》一诗，在仔细观察寒露物候变化中，采用了寄情于景、情景交融的表现手法，描写抒情忻合为一，表达浓郁的诗意。首联“野旷树苍茫，平明露结霜”，虽然描写远望秋天的景色，但景中其实有情，清旷无际的风景正与诗人心境相应，赋予了人们秋高气爽、心旷神怡的心情，诗句富有画意，仿佛一幅幅水墨山水呈现在读者面前。颔联和颈联描写的是典型的寒露景色，而且用词工整对仗。“崖前枫叶艳，山后菊花香”，枫叶如丹，菊花似金，秋色多么绚烂，诗人对自然的爱、对生活的爱亦深蕴其中。“旅雁思归急，蛰虫觅隐藏”，采用了拟人手法，典型性的细节描写物候现象，既生动准确又富有情趣。尾联“顺时遵至道，谁不恋秋光”以反问句作总结，揭示了人类必须遵循并适应四时变化的规律，做好秋收的保障，为冬藏做准备，不能贪恋秋季美好风光。

名家点评

言恭达先生评价：从赵学敏先生这首《寒露》诗可以看出他非常重视对生活的感悟。诗文很接地气，写的是人民生活当中的画面，把我们从传统中引领到当代的一种新的气象。整幅作品碑帖融合，具有时代气息、传统功底、个性特色相结合的独特审美个性。整幅草书一笔写成，气势如排山倒海，雄劲如群山连绵，神韵如行云流水，字里行间无不透出于右任魏碑行草的根基，同时也吸纳了“二王”、“颜柳”和王铎等大家的一些笔法，堪称书法精品。

中国书协理事、中国石油书协主席于恩东评价：赵学敏先生这幅《寒露》作品的特点是碑帖结合，他既学习吸收了于右任侧重于碑的草书风格，又在于右任风格基础上更多地融入了帖学的风格，既有雄强的碑学味道，又有帖学的细腻，尤其是把帖学的文气、流畅和飘逸糅进去了，开启了草书的碑帖融合新状态。他对书法艺术的探索，真是孜孜不倦。我期望他把碑帖草书创作理念贯穿下去，为我们当代书法走出一条自己的艺术道路。

寒露习俗

寒露节气，我国北方地区已呈深秋景象，白云红叶，偶见早霜，南方也秋意渐浓，蝉噤荷残。因为寒露节气接近重阳节，登高山、赏菊花等便成为寒露节气的习俗。

1. 登高、吃花糕

众所周知，重阳节登高的习俗由来已久。由于重阳节在寒露节气前后，寒露节气宜人的气候又十分适合登山，慢慢地重阳节登高的习俗也成了寒露节气的习俗。登高寓意“步步高升”、“高寿”。九九登高，还要吃花糕，因“高”与“糕”谐音，故应节糕点谓之“重阳花糕”，寓意美好。

2. 寒露赏菊、饮菊花酒

寒露到来的农历九月又称菊月，是菊的月份。和大多数春夏盛开的花不同，菊花是反季节的花，越是霜寒露重，菊花开得越艳丽。寒露与重阳节接近，此时菊花盛开，为除秋燥，民间有饮“菊花酒”的习俗，这一习俗与登高一起，渐渐移至重阳节。菊花酒是由菊花加糯米、酒曲酿制而成，古称“长寿酒”，其味清凉甜美，有养肝、明目、健脑、延缓衰老等功效。

3. 观红叶

寒露时节到香山赏红叶早已成为北京市民的传统习惯与秋季出游的重头戏。秋风飒飒，黄栌叶红。寒露过后的连续降温催红了京城的枫叶，香山层林尽染，漫山红叶如霞似锦、如诗如画。

4. 斗蟋蟀

白露、秋分和寒露，是北京、杭州等地市民斗蟋蟀的高潮期。蟋蟀也叫促织，一般听见蟋蟀叫就意味着入秋了，天气渐凉，提醒人们该准备过冬的衣服了，故有“促织鸣，懒妇惊”之说。

5. 秋钓边、吃母蟹

寒露时节是钓鱼的好时节，气温下降，鱼儿游向水温较高的浅水区觅食，就显得更加馋嘴贪吃，更易上钩。俗话说“西风响，蟹脚痒”，寒露时节雌蟹卵满、黄膏丰腴，正是吃母蟹的最佳季节，等农历十月以后，最好吃的则要轮到公蟹了。

6. 寒露吃梨、吃芝麻

寒露到，天气由凉爽转向寒冷。根据中医“春夏养阳，秋冬养阴”的四时养生理论，这时人们应养阴防燥、润肺益胃。梨和芝麻是寒露节气中最好的水果和食物。于是，民间就有了“寒露吃梨、吃芝麻”的习俗。

另外，寒露时天气对秋收十分有利，还有一些农事习俗，如农谚说：黄烟花生也该收，起捕成鱼采藕芡。大豆收割寒露天，石榴山楂摘下来。寒露蜜桃属北方晚熟桃品种，成熟期在寒露前后，故名“寒露蜜桃”。

寒露养生

《诗经》里讲：“七月流火，九月授衣”，这里说的九月是农历九月，此时天气转凉，正是人体阳气收敛，阴精潜藏于内之时，应该及时添加衣物，谨防感冒。所以养生的重点是注意日常保健、养阴防燥、润肺益胃。

1. 足部保暖

常言道：“寒露脚不露。”寒露过后，气温逐渐降低，因此不要经常赤膊露身，以防凉气侵入体内，每天晚上可以用热水泡脚，使足部的血管扩张、血流加快，减少下肢酸痛发生，缓解疲劳。

2. 适时添衣

寒露过后，天气寒冷，要注意防寒保暖，逐渐增添衣服。俗话说“春捂秋冻”，秋天适度经受些寒冷有利于提高皮肤和鼻黏膜耐寒力，但要注意防寒保暖，防止“冻”出病来。

3. 早睡早起

寒露过后昼短夜长，自然界中的“阳气”开始收敛、沉降，到了保养阳气之时，因此，人们的起居时间也应当做相应调整。《素问·四气调神大论》中就有“秋三月，早卧早起，与鸡俱兴”的说法，告诉人们秋季养生的道理。

4. 养阴防燥，“朝盐晚蜜”

寒露是热与冷交替的秋季的开始，秋燥是让人烦恼的一件事。预防秋燥，从养阴防燥、润肺益胃方面入手。“朝盐晚蜜”可及时补充人体水分，还能起到润肺、养肺的作用。

5. 养胃

秋天气温渐渐变凉，而胃肠道对于寒冷刺激非常敏感，因此，寒露以后的养生特别要注意养护好自己的胃部。首先要注意胃部保暖，适时增添衣服，夜间睡觉要注意盖好棉被。

6. 适量运动

秋季是运动锻炼的大好时机，可根据个人情况选择不同的运动项目，长期坚持可增强心肺功能。散步、爬山等都是很好的选择。

7. 扫除抑郁

由于深秋气候渐冷，日照减少，风起叶落，常会勾起凄凉之感，使人们情绪不稳，易于伤感。因此，保持良好心态，宣泄积郁之情，因势利导，培养乐观豁达之心，也是秋季养生保健不可忽略的一点。

古籍《二十四节气解》中说：『气肃而霜降，阴始凝也。』可见『霜降』表示天气逐渐变冷，开始降霜。

霜降三候

〇一候豺乃祭兽戮禽。

豺狼开始捕获猎物，以兽而祭天，报本也。方铺而祭，秋金之义。

〇二候草木黄落。

大地上的树叶枯黄掉落。

〇三候蛰虫咸俯。

蛰虫全在洞中不动不食，垂下头来进入冬眠状态。

二十四节气之

霜降

○每年10月23～24日，太阳位于黄经210°时是霜降节气，霜降是二十四节气中的第十八个节气。《月令七十二候集解》：『九月中。气肃而凝，露结为霜矣』。此时，我国黄河流域已出现白霜，千里沃野上，一片银色冰晶熠熠闪光，此时树叶枯黄，在落叶了。

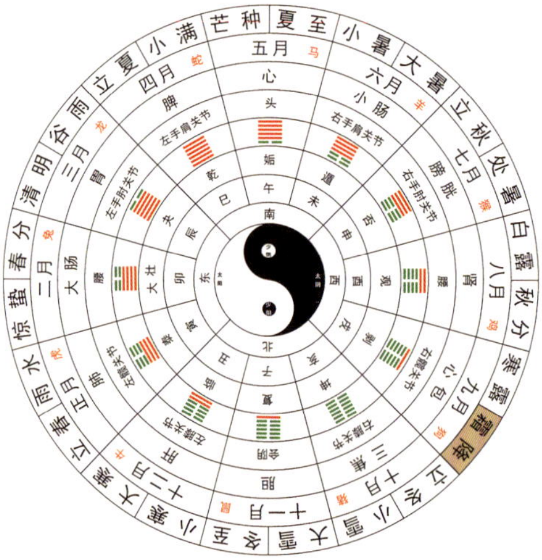

春	立春 *Spring begins* 02月03～05日	雨水 *The rains* 02月18～20日	惊蛰 *Insects awaken* 03月05～07日
	春分 *Vernal equinox* 03月20～22日	清明 *Clear and bright* 04月04～06日	谷雨 *Grain rain* 04月19～21日
夏	立夏 *Summer begins* 05月05～07日	小满 *Grain buds* 05月20～22日	芒种 *Grain in ear* 06月05～07日
	夏至 *Summer solstice* 06月21～22日	小暑 *Slight heat* 07月06～08日	大暑 *Great heat* 07月22～24日
秋	立秋 *Autumn begins* 08月07～09日	处暑 *Stopping the heat* 08月22～24日	白露 *White dews* 09月07～09日
	秋分 *Autumnal equinox* 09月22～24日	寒露 *Cold dews* 10月08～09日	霜降 *Hoar-frost falls* 10月23～24日
冬	立冬 *Winter begins* 11月07～08日	小雪 *Light snow* 11月22～23日	大雪 *Heavy snow* 12月06～08日
	冬至 *Winter solstice* 12月21～23日	小寒 *Slight cold* 01月05～07日	大寒 *Great cold* 01月20～21日

霜降　卢　峰 摄

每年 10 月 23 ~ 24 日，太阳位于黄经 210° 时是霜降节气，霜降是二十四节气中的第十八个节气。《月令七十二候集解》："九月中。气肃而凝，露结为霜矣。"此时，我国黄河流域已出现白霜，千里沃野上，一片银色冰晶熠熠闪光，此时树叶枯黄凋落。古籍《二十四节气解》中说："气肃而霜降，阴始凝也。"可见"霜降"表示天气逐渐变冷，开始降霜。

气象学上，一般把秋季出现的第一次霜叫作"早霜"或"初霜"，而把春季出现的最后一次霜称为"晚霜"或"终霜"。从终霜到初霜的间隔时期，就是无霜期。也有把早霜叫"菊花霜"的，因为此时菊花盛开。

霜降节气含有天气渐冷、开始降霜的意思。纬度偏南的南方地区，平均气温多在 16℃左右，离初霜日期还有三个节气。在华南南部河谷地带，则要到隆冬时节，才能见霜。当然，即使在纬度相同的地方，由于海拔高度和地形不同，贴地层空气的温度和湿度有差异，初霜期和霜日数也就不

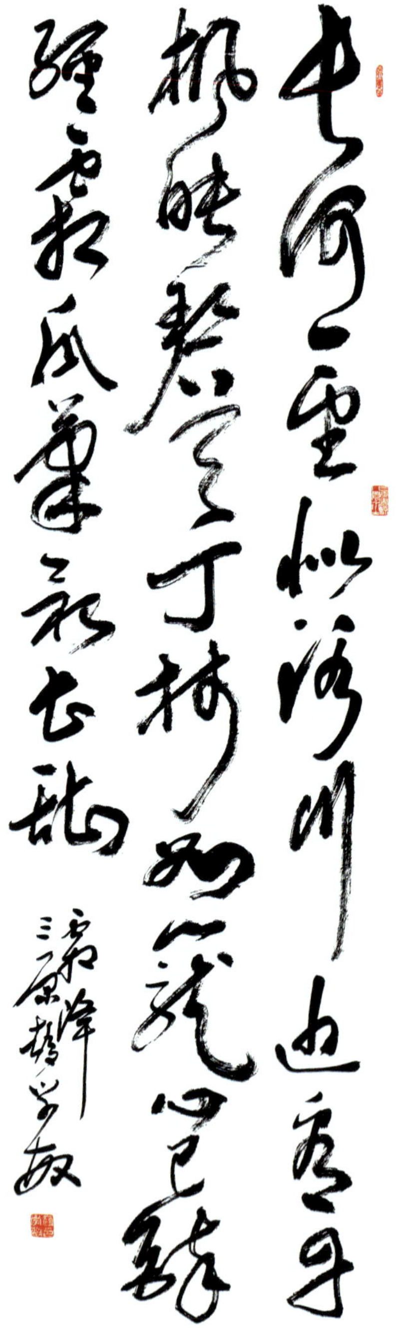

一样了。霜降时节，凉爽的秋风已吹到花城广州。东北北部、内蒙古东部和西北大部平均气温已在0℃以下。

霜降，北方大部分地区已在秋收扫尾，即使耐寒的葱，也不能再长了，因为“霜降不起葱，越长越要空”。在南方，却是“三秋”大忙季节，单季杂交稻、晚稻才收割，种早茬麦，栽早茬油菜；摘棉花，拔除棉秸，耕翻整地。“满地秸秆拔个尽，来年少生虫和病。”收获以后的庄稼地，都要及时把秸秆、根茬收回来，因为那里潜藏着许多越冬虫卵和病菌。华北地区大白菜即将收获，要加强后期管理。霜降时节，我国大部分地区进入了干季，要高度重视护林防火工作。

霜　降

长河一望似冰川，近看丹枫映碧天。
丁柿如笼心已醉，经霜瓜果最甘甜。

诗文赏析

赵学敏先生《霜降》一诗，采用白描、比兴和夸张的手法，在短短28个字的七言绝句中，紧紧突出霜降节气基本的特征，和几个主要物候变化，如长河似冰川，丹枫映碧天，丁柿如笼，经霜瓜果等，让一个暮秋的景象活生生地展现在读者面前，而且是最令人眼馋心醉的景色，一下子抓住了读者的视觉和心灵，通过这浓郁的诗意，让人感悟到秋收果实累累，激发对生活的热爱，虽霜降节气已大幅度降温，但并不感到有多少寒意，这是诗歌的魅力！“长河一望似冰川，近看丹枫映碧天”两句，通过对远景和近景的大写意，使人感受到了霜降来临并不悲凉，而是充实多彩，为秋天的韵味增添了厚重感。“丁柿如笼心已醉，经霜瓜果最甘甜”，选择了经霜红透的丁柿、香甜的瓜果入诗，浓墨重写，尤其引人入胜。如果说《霜降》这首诗，前两句是写景，则后两句以景喻人，使人想到了劳动成果的甘甜，和获得成果必须经过艰苦磨炼的诗眼，揭示了这首诗的主题。

名家点评

中国文联书法艺术中心主任、中国书协学术委员会副主任刘恒评价：从赵学敏先生《霜降》作品看出，他在书法上经过多年的磨炼和创作的实践，取得了丰硕的成果。首先，他书体非常全面，楷书、隶书、行书、草书都具有相当高的水平。他最擅长的还是草书，从他的草书可以感觉到学习前人总结出来的各种风格和技巧的规律，在他的笔下，又有了新的发展，用笔比较奔放。其次，对字形的处理、对点画连贯的处理都非常娴熟，这是写草书的最基本的基础。学敏先生在这方面有很深的功夫积累。最后，他写的内容，不管是古人的诗词还是自己创作的诗词，都是一气呵成，连绵不绝，整个气息非常充沛，变化也非常丰富。他在前人的基础上，形成了个人独有的特点和艺术表现力。

中国军事博物馆原政委、中国书协第五和第六届理事孟世强将军评价：赵学敏先生书法很有功底，他的作品出自碑，又融进很多帖味，应该是碑和帖的有机结合。他的书法魏碑的东西，于右任的标准草书，味道特别浓，既厚重，又有帖味的灵动。他的这幅《霜降》作品，无论从每个字的结构上看，还是从整幅作品的章法上看，都有他独到的见解，安排都非常合理。他对书法的悟性很高，而且有吃苦精神，所以取得了令人瞩目的成就。

《书法导报》副总编辑黄俊俭评价：赵学敏先生这幅《霜降》是行草书作品，但明显地感觉到，把魏碑的厚重和于右任草书的流畅糅进去了，因而可以看到他在笔法、墨法、章法上深厚的功力。在笔法方面，无论他是中锋用笔、侧锋用笔，还是逆锋用笔，都能因时而变，运用自如。在墨法方面，学敏先生擅长用浓墨，适度用淡墨，表现出的笔墨情趣给人以端庄俊逸之感；他在章法上能够处理好字中之布白、逐字之布白、行间之布白，使点画与点画之间互相呼应，字与字之间随势而安，行与行之间递相映带。

霜降习俗

霜降种种趣味盎然的习俗，体现了人们追求身体健康的美好情感，同时，也给我国丰富的民间习俗增添了一抹独特的色彩。

1. 赏菊

古有“霜打菊花开”之说，“霜降”前后，正是菊花盛开的时期，千百年中华民族先民形成的赏菊饮酒的传统风气，也就成为霜降这一节令的雅事，南朝梁代吴均的《续齐谐记》上有记载。唐徐坚等著《初学记》引晋周处《风土记》曰:“霜降之时，唯此草盛茂”，菊花被古人认为是“延寿客”、不老草、“候时之草”，成为生命力的象征。霜降时节正是秋菊盛开的时候，我国很多地方在这时要举行菊花会，赏菊饮酒，以示对菊花的崇敬和爱戴。

2. 登高

霜降节气距离“九九重阳节”很近，所以霜降时节有登高远眺的习俗。特别是老年人、文人学者都以登高望远、高谈阔论为雅事。登高既可使肺的功能得到舒畅，同时登至高处极目远眺，心旷神怡，可舒缓心情。天高云淡，枫叶尽染，登高远眺，赏心悦目。

3. 拔萝卜

有句农谚说:“处暑高粱，白露谷，霜降到了拔萝卜。”霜降以后早晚温差大，露地萝卜不及时收获将出现冻皮等情况，影响萝卜品质和收成。

白萝卜是一种营养价值较高、价格便宜的食物，民间称“土人参”，有“冬吃萝卜夏吃姜，不劳医生开处方”的谚语，自古也有吃白萝卜讲究做人“清白”的意思。

4. 吃柿子

经过霜降后，柿子才能泛红色，似红灯笼，既可观赏，也能食用。民间认为霜降吃柿子，冬天就不会感冒、流鼻涕。霜降时节，天气转寒，正值柿子成熟之时，人们认为吃柿子不仅可以防寒保暖，而且还能补筋骨，非常适合霜降时节食用。

5. 寒衣节

霜降时节的十月初一“寒衣节”，也称“十月朝”、“祭祖节”、“冥阴节”、“鬼节”等，与清明节、中元节并称为三大“鬼节”。寒衣节寄托着活人对故人的怀念悲悯之情，也是亲人们为所关心的人送御寒衣物的日子。

霜降养生

“一年补透透，不如补霜降”，足见霜降节气对我们的影响。霜降节气，天气渐冷，初霜出现，是秋季的最后一个节气，也意味着冬天的开始。此时养生保健尤为重要，首先要重视保暖，其次要防秋燥，运动量可适当加大。

1. 起居：穿衣要保暖，早晨莫贪睡

俗语有“霜降不算冷，霜降变了天”。此时节，昼夜温差变化增大，人们要注意添加衣服，特别要注意脚部和胃部保暖，同时要加强体育锻炼，做好御寒准备，预防感冒。每晚坚持用热水泡脚，有利于驱寒温经，促进足部的血液循环。

2. 饮食：补冬不如补霜降

民间有“补冬不如补霜降”的说法。霜降时节，天气越发寒冷，民间食俗也非常有特色。人们认为先“补重阳”后“补霜降”，而且“秋补”

比“冬补”更要紧。因此，霜降时节，民间有“煲羊肉”、“煲羊头”、“迎霜兔肉”、“霜降吃鸭子”、“霜降吃柿子”的食俗。霜降时节的饮食原则应以滋阴润肺为宜，为防止秋燥，此时饮食养生适合的是“平补”。适宜的食物有梨、苹果、萝卜、栗子、百合、蜂蜜、牛肉、羊肉、鸡肉等。这些食物有生津润燥、清热化痰、止咳平喘、固肾补肺的功效。

3. 运动：注意动与静的合理安排

霜降一般在农历九月，此时一片秋高气爽的景象，肺金主事，运动量可适当加大，可选择登高、蹋球等运动。登高既可使肺的功能得到舒畅，同时登至高处极目远眺，心旷神怡，可舒缓心情。也可选择广播体操、健美操、太极拳、太极剑、球类运动等。

4. 情志：保持良好的心态

霜降过后，花木凋谢，进入深秋，天气逐渐变凉，容易给人一种凄凉、垂暮的感觉，人容易产生忧郁、烦躁等情绪。因此，保持良好的心态，因势利导、宣泄积郁之情、培养乐观豁达之心，是养生保健不可缺少的内容。

立冬三候

○一候水始冰。

水开始结冰。

○二候地始冻。

土地开始冻结。

○三候雉入大水为蜃。

雉即指野鸡一类的大鸟，蜃为大蛤，立冬后，野鸡一类的大鸟便不多见了，而海边却可以看到外壳与野鸡的线条及颜色相似的大蛤。古人误认为雉到立冬后便变成大蛤了。

二十四节气之

立冬

○ 每年11月7～8日，太阳位于黄经225°时是立冬节气，立冬是二十四节气中的第十九个节气。《月令七十二候集解》中说：『立，始建也。』又说：『冬，终也，万物收藏也。』

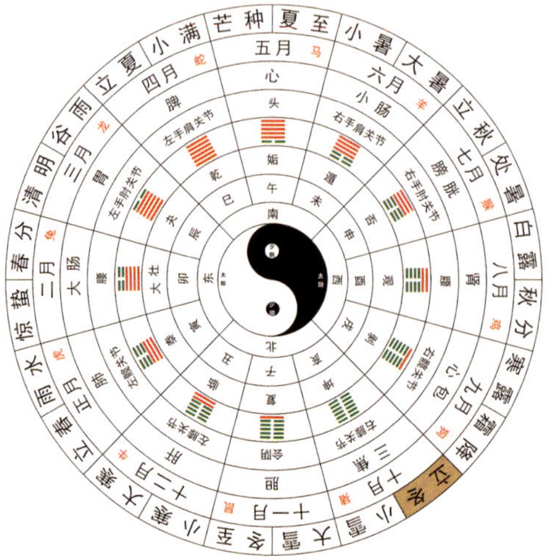

春	立春 *Spring begins* 02月03～05日	雨水 *The rains* 02月18～20日	惊蛰 *Insects awaken* 03月05～07日
	春分 *Vernal equinox* 03月20～22日	清明 *Clear and bright* 04月04～06日	谷雨 *Grain rain* 04月19～21日
夏	立夏 *Summer begins* 05月05～07日	小满 *Grain buds* 05月20～22日	芒种 *Grain in ear* 06月05～07日
	夏至 *Summer solstice* 06月21～22日	小暑 *Slight heat* 07月06～08日	大暑 *Great heat* 07 月22～24日
秋	立秋 *Autumn begins* 08月07～09日	处暑 *Stopping the heat* 08月22～24日	白露 *White dews* 09月07～09日
	秋分 *Autumnal equinox* 09月22～24日	寒露 *Cold dews* 10月08～09日	霜降 *Hoar-frost falls* 10月23～24日
冬	立冬 *Winter begins* 11月07～08日	小雪 *Light snow* 11月22～23日	大雪 *Heavy snow* 12月06～08日
	冬至 *Winter solstice* 12月21～23日	小寒 *Slight cold* 01月05～07日	大寒 *Great cold* 01月20～21日

立冬　陈远山 摄

每年 11 月 7 ~ 8 日，太阳位于黄经 225° 时是立冬节气，立冬是二十四节气中的第十九个节气。《月令七十二候集解》中说："立，始建也。"又说："冬，终也，万物收藏也。"意思是说秋季作物全部收晒完毕，收藏入库，动物也已藏起来准备冬眠。气候学划分四季标准，下半年平均气温降到 10℃以下为冬季，"立冬为冬日始"的说法，与黄淮地区的气候规律基本吻合。而最北部的漠河及大兴安岭以北地区，9 月上旬就早已进入冬季。北京于 10 月下旬也已是一派冬天的景象，长江流域的冬季要到"小雪"节气前后才真正开始。

立冬以后，北半球获得的太阳辐射量越来越少，由于此时地表夏半年贮存的热量还有一定的剩余，所以一般还不太冷。晴朗无风之时，常有温暖舒适的"小阳春"天气，不仅十分宜人，对冬作物的生长也十分有利。但是，这时北方冷空气也已具有较强的势力，常频频南侵，有时形成大风、

欣迎瑞雪踏瓊瑤
放眼河山分外嬌
乍暖陽春飄赤葉
經寒高木盡精條
慶豐歌舞開懷笑
望遠藍圖着意描
地北天南呈異彩
嚴冬霄處綻桃夭

立冬 三原路学敏

降温并伴有雨雪的寒潮天气。

立冬前后，我国大部分地区降水显著减少。北方地区大地封冻，农林作物进入越冬期。江淮地区的“三秋”已接近尾声，江南则需抢种晚茬冬麦，赶紧移栽油菜，我国南部则是种麦的最佳时期。另外，立冬后空气一般渐趋干燥，土壤含水较少，此时应开始注重林区的防火工作。

立 冬

欣迎瑞雪踏琼瑶，放眼河山分外娇。
乍暖阳春飘赤叶，经寒高木尽精条。
庆丰歌舞开怀笑，望远蓝图着意描。
地北天南呈异彩，严冬宿处绽桃夭。

诗文赏析

赵学敏先生《立冬》一诗，着眼于立冬节气大自然的宏观表现，通过对初冬壮观的雪景，落叶的树木，广大群众庆丰收欢乐场面的描写，用简短鲜活的语言勾画出了祖国大好河山波澜壮阔的气象，虽是描写几个物候的景象，但使人领悟到了气势磅礴的祖国山川；虽是初冬寒来万木落叶，但丝毫没有凄凉寒冷，却是庆祝丰收、再绘蓝图的热烈劲头，整首诗从头到尾贯穿了作者的家国情怀，渗透着对祖国山河深深的爱恋。首联“欣迎瑞雪踏琼瑶，放眼河山分外娇”，通过观赏踏步雪景，一下子把人引入了初冬节气的氛围，身临其境，倍感心旷神怡。颔、颈两联“乍暖阳春飘赤叶，经寒高木尽精条”和“庆丰歌舞开怀笑，望远蓝图着意描”，是两个对仗句，工整珠联，在意境上形成鲜明对照。“赤叶”、“精条”把立冬万木落叶描写得贴切真实，“庆丰”、“望远”把广大群众庆贺丰收的喜悦和规划未来的豪情表现得活灵活现。《立冬》这首诗是写立冬节气特点，而内涵却是写人民群众，表达了对人民群众生产、生活实践的歌颂。读到这里，读者不由自主地想到习近平主席高屋建瓴规划设计“一路一带”倡议，为世界经济和我国经济发展描绘宏伟蓝图，真是立足人民、高瞻远瞩的博大胸怀！尾联“地北天南呈异彩，严冬窅处绽桃夭”，进一步描写祖国山河的多彩多姿，预示了冬天到了，绚丽勃发的春天不会远了。

名家点评

中国书协学术委员会原副主任、著名书法评论家、河南省书协名誉主席周俊杰评价：今天看了学敏先生的《立冬》作品，很有感触。学敏先生曾任过高级干部，他的思想觉悟比我们要高，看问题角度也不一样。一个是从艺术本身，另外一个是从整个国家、人民、社会发展，从民族伟大复兴这个角度来看待书法，认识书法，通过自己的实践落实这种思想，我觉得这一点确实值得我们学习。尤其是他对习近平总书记在文艺座谈会上的讲话领会非常深刻,这一点我觉得是应当大力肯定的。学敏先生写的诗，平仄对仗，格律严谨，充满对国家、对人民的爱。在他的诗歌里面时刻和国家的命运、我国目前的状况，和自己的工作挂上钩，感觉不到伤心的、悲哀的、凄凉的感觉。他的书法也在不断进步，已经达到相当高的水平，融汇了很多经典，包括怀素、张旭、于右任的精髓。结体准确，有连绵的感觉。用笔上苍劲有力。这幅《立冬》作品既苍劲又圆润,无论从结体、用墨还是神采上，都体现了魏碑的功底，又吸收了帖学的笔法，碑帖融合，抓住人的眼球，非常精彩。

中国书协理事、国家行政学院教授、故宫博物院研究员张志和评价：学敏先生这幅《立冬》作品在碑帖融合方面非常突出,既有碑的古朴、稳重，又有帖的潇洒、灵动。学敏先生自幼学书，受于右任书法秘书李楚材指导，经常在西安碑林中临摹，打下了深厚的基础。同时，又得到了舒同、方毅这样的大家指点。他博采众长，凭借自己深厚的功底和知识的积累，结合他自己的感悟，书法艺术不断地提升。学敏先生碑帖融合的探索集中体现在用笔上。他以碑派为根基，沉稳笃实，质朴拙厚，不重提按，不弄小巧，以圆笔为主，起止逆藏，骨力中含，圆劲如折钗股，虽细如髭发，亦见中锋主宰。在此基础上，他又吸取了帖学的灵动、简远和摇曳多姿。有了对碑帖两派用笔深入的研究和准确的把握，他得以轻松地出入于碑帖之间。综观学敏先生的作品，都有着碑之骨力、帖之神采，他把二者巧妙地结合在了一起，从而打造出具有自己特点的独特风格。

立冬习俗

立冬与立春、立夏、立秋合称“四立”，在古代社会中是个重要的节日，形成了很多传统习俗。

1. 天子迎冬

古代立冬，天子有出郊迎冬之礼，并有赐群臣冬衣、矜恤孤寡之制。汉魏时期，天子要亲率群臣迎接冬气，对为国捐躯的烈士及其家小进行表彰与抚恤，请死者保护生灵，鼓励民众抵御外敌或饿寇的掠夺与侵袭。

2. 贺冬

贺冬亦称“拜冬”，在汉代即有此俗。东汉崔寔《四民月令》：“冬至之日进酒肴，贺谒君师耆老，一如正日。”宋代每逢此日，人们更换新衣，庆贺往来，一如年节。清代“至日为冬至朝，士大夫家拜贺尊长，又交相出谒。细民男女，亦必更鲜衣以相揖，谓之‘拜冬’”。民国以来，许多地方还保留着贺冬的传统风俗。

3. 冬学

冬天夜里最长，而且又是农闲季节，在这个季节办“冬学”是最好的时间。冬学非正规教育,有各种性质,如扫盲的“识字班”、专业知识“训练班”、推广普及科学技术的“科技班”。冬学的校址,多设在庙宇或公房里。教员主要聘请本村或外村人承担,适当地给予报酬。

4. 拜师

冬季是学生拜望老师的季节,好多村庄都举行拜师活动。入冬后城镇、乡村学校的管理人员,领上家长和学生,端上方盘(盘中放四碟菜、一壶酒、一只酒杯),提着果品和点心到学校去慰问老师,叫作“拜师”。

5. 吃饺子

为什么立冬吃饺子?因为是源于饺子的谐音“交子之时”。大年三十是旧年和新年之交,立冬是秋冬季节之交,故“交子之时”的饺子不能不吃。千百年来,这一习俗流传越来越广,现在立冬之日,各式各样的饺子卖得很火。

6. 祭祖祭天

立冬这天,人们还要举行祭祖、祭天的活动。农人再忙也要在家休息一天,杀鸡宰羊,准备时令佳品,一方面祭祀祖先,以尽为人子孙的义务和责任,另一方面祭祀苍天,感谢上天恩赐的丰年,并祈求上天赐给来岁风调雨顺。祭祀仪式后的酒食也可让辛苦一年的农人好好犒赏一下自己。

立冬养生

立冬之后,草木凋零,蛰虫休眠,万物活动趋向休止,养生应以“养藏”为原则,主张补肾藏精,养精蓄锐。人类虽没有冬眠之说,但民间有需进补以度严冬的食俗。有句谚语“立冬补冬,补嘴空”,就是最好的比喻。在寒冷的天气中,应该多吃一些温热补益的食物。这样,不仅能使身体更强壮,还可以起到很好的御寒作用。

1. 生活起居遵循节律规律原则

睡觉与起床都要科学把握时间。人只有顺应一年四季的变化，与变化的时空和谐相处，才有利于生命健康。强调在生机潜伏、万物闭藏的冬季里，要养精蓄锐，使阳气内藏。具体的方法是“早睡晚起”，以保证充足的睡眠，并注意身体的保暖，以免阳气外泄。

2. 恬淡安静，畅快心情

立冬到立春称为“冬三月”，是一年中最冷的时节。养生要顺应自然的变化，以“养藏”为主。中医讲究入冬后，情志要恬淡安静、寡欲少求，这样可以使得神气内收，利于养藏。

3. 饮食以滋阴润燥为主

俗语说：“药补不如食补。”食补在冬季调养中尤为重要。入冬后的饮食可以适当厚重，食材以滋阴为主。中医四时养生的基本原则是“春夏养阳、秋冬养阴”，这是因为秋冬阳气潜藏，阴精蓄积，顺应这个趋势养阴，效果要比其他时候要好。

小雪三候

○ 一候虹藏不见。

彩虹是雨后空气中含有无数水滴，折射太阳光形成的，这时开始飘落雪花，彩虹就不会出现。

○ 二候天气上升，地气下降。

天际中阳气上涨，地中的阴气下降，导致天地不通、阴阳不交，万物失去生机。

○ 三候闭塞而成冬。

由于天气的寒冷，万物的气息飘移和游离几乎停止，所以就被古人称为『闭塞成冬，万物不通』。

二十四节气之

小雪

○每年11月22～23日，太阳位于黄经240°时是小雪节气，小雪是二十四节气中的第二十个节气。《月令七十二候集解》载：『十月中。雨下而为寒气所薄，故凝而为雪。小者，未盛之辞。』古籍《群芳谱》中说：『小雪气寒而将雪矣，地寒未甚而雪未大也。』

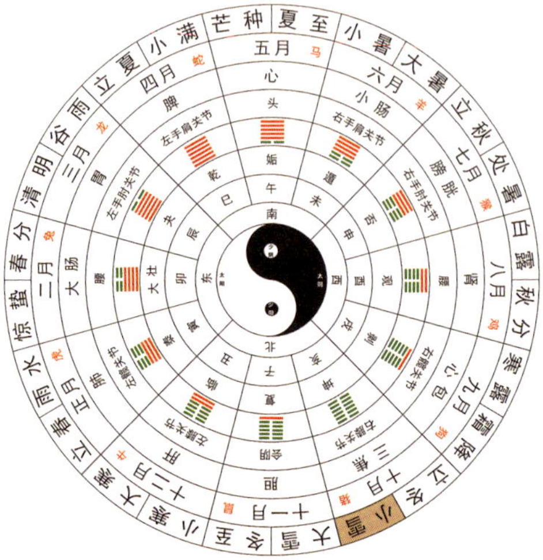

春	立春 *Spring begins* 02月03～05日	雨水 *The rains* 02月18～20日	惊蛰 *Insects awaken* 03月05～07日
	春分 *Vernal equinox* 03月20～22日	清明 *Clear and bright* 04月04～06日	谷雨 *Grain rain* 04月19～21日
夏	立夏 *Summer begins* 05月05～07日	小满 *Grain buds* 05月20～22日	芒种 *Grain in ear* 06月05～07日
	夏至 *Summer solstice* 06月21～22日	小暑 *Slight heat* 07月06～08日	大暑 *Great heat* 07 月22～24日
秋	立秋 *Autumn begins* 08月07～09日	处暑 *Stopping the heat* 08月22～24日	白露 *White dews* 09月07～09日
	秋分 *Autumnal equinox* 09月22～24日	寒露 *Cold dews* 10月08～09日	霜降 *Hoar-frost falls* 10月23～24日
冬	立冬 *Winter begins* 11月07～08日	小雪 *Light snow* 11月22～23日	大雪 *Heavy snow* 12月06～08日
	冬至 *Winter solstice* 12月21～23日	小寒 *Slight cold* 01月05～07日	大寒 *Great cold* 01月20～21日

小雪　张守国 摄

每年 11 月 22 ~ 23 日，太阳位于黄经 240° 时是小雪节气，小雪是二十四节气中的第二十个节气。《月令七十二候集解》载："十月中。雨下而为寒气所薄，故凝而为雪。小者，未盛之辞。"古籍《群芳谱》中说："小雪气寒而将雪矣，地寒未甚而雪未大也。"意思是说到小雪节气，天气寒冷，降水形式由雨变为雪，但此时由于"地寒未甚"，下雪次数少，雪量还不大，所以称为小雪。因此，小雪表示降雪的起始时间和程度。小雪和雨水、谷雨等节气一样，都是直接反映降水的节气。

小雪节气，东亚地区已建立起比较稳定的经向环流，西伯利亚地区常有低压或低槽，东移时会有大规模的冷空气南下，我国东部会出现大范围大风降温天气。小雪节气是寒潮和强冷空气活动频数较高的节气。受强冷空气影响时，常伴有入冬第一次降雪。随着冬季的到来，气候渐冷，不仅地面上的露珠变成了霜，而且天空中的雨也变成了雪花。但由于这时

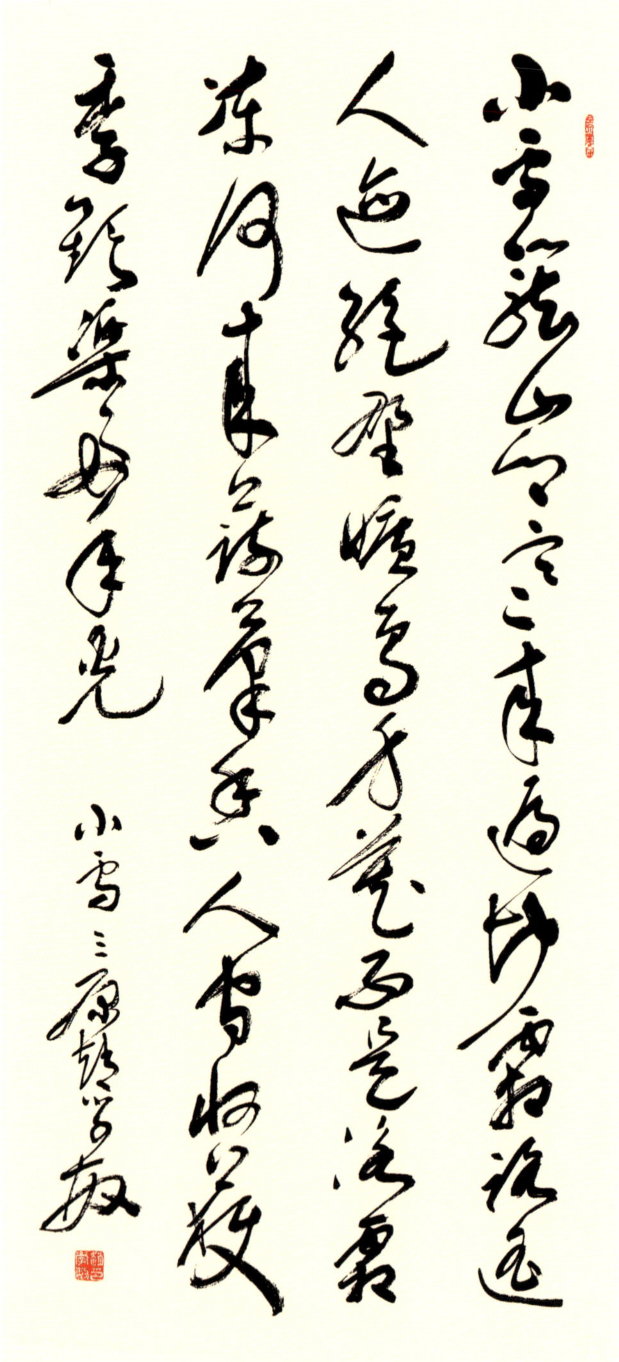

的天气还不算太冷，所以下的雪常常是半冰半融状态，或落到地面后立即融化了，气象学上称之为“湿雪”；有时还会雨雪同降，叫作“雨夹雪”；还有时降下米粒大小的白色冰粒，称为“米雪”。

小雪阶段比入冬阶段气温低，冷空气使我国北方大部分地区气温逐步达到0℃以下。黄河中下游平均初雪期基本与小雪节令一致。虽然开始下雪，但雪量较小，并且夜冻昼化。如果冷空气势力较强，暖湿气流又比较活跃的话，也有可能下大雪；南方地区北部开始进入冬季，北面有秦岭、大巴山屏障，阻挡冷空气入侵，寒潮减弱，致使华南“冬暖”显著。全年降雪日数多在5天以下，比同纬度的长江中下游地区少得多。由于华南冬季近地面层气温常保持在0℃以上，所以不容易降雪。小雪节气降水偏少，满足不了冬小麦的需要，晨雾较多。

在小雪节气初，东北土壤冻结深度已达10厘米，往后差不多一昼夜平均多冻结1厘米，到节气末便冻结了一米多，所以俗话说“小雪地封严”。之后大小江河陆续封冻。农谚道：“小雪雪满天，来年必丰年。”一是小雪落雪，来年雨水均匀，无大旱涝；二是下雪可冻死一些病菌和害虫，来年减轻病虫害的发生；三是积雪有保暖作用，利于土壤的有机物分解，增强土壤肥力。俗话说“瑞雪兆丰年”，是有一定科学道理的。

小雪以后大地封冻，田间农事活动基本结束了，人们破以往“猫冬”的旧习，借此冬闲时机搞好农副业生产，因地制宜进行冬季积肥、造肥、柳编和草编等，从多种渠道打开致富门路。

小　雪

小雪笼山乡，寒来遍地霜。
路遥人迹绝，野旷鸟身藏。
不是冰霜冻，何来蔬果香？

人间收获季，欢乐好年光。

诗文赏析

赵学敏先生的《小雪》一诗，通过白描和“静”、“动”对比的手法，把小雪时节的物候变化和山村的景色描绘得贴切真实，读后让人犹如身临其境。前四句主要是写“静”。冬雪笼罩山村，遍地都是积雪，乡间寂静的小路看不到人迹，空旷的田野看不到一只飞鸟，小雪节气前后大地的寥廓、寂静跃然纸上，如同一幅美丽的油画展现在读者面前。而“静”也不是绝对的静，“路遥”、“野旷”二词给“绝”、“藏”两个字作陪衬，形象生动，写出了静中的动态来。路上的人迹，山野的飞鸟，是最常见的、最一般化的动态，通过作者的描写一下子变成极端的寂静、绝对的沉默，形成一种不平常的景象。因此，“路遥人迹绝，野旷鸟身藏”原本属于静态的描写，摆在这种绝对幽静、绝对沉寂的背景之下，倒反而显得玲珑剔透，有了生气，在画面上浮动起来、活跃起来了。赏读《小雪》前四句诗，似觉是作者仔细研究了柳宗元的《江雪》一诗感悟得来的。后四句主要是写“动”。其实，在写“静”时已为后四句写“动”埋下了伏笔。“不是冰霜冻，何来蔬果香？人间收获季，欢乐好年光”，采用一问一答的句式，把农民五谷丰登、享受丰硕成果的欢乐场景写出来了，尤其是“冰霜冻”和“蔬果香”的因果关系，揭示了丰收是辛苦劳动得来的普遍真理，给读者以想象的空间和启迪。正如习近平主席概括总结的“幸福是奋斗出来的”，这浅显易懂却闪烁着真理光辉的“金句”，激励了全党和全国人民高涨的工作和劳动热情。

名家点评

中国美协副主席、中国书协理事李荣海评价：学敏先生的《小雪》作品，

陪同新华社原副社长何东君和中国书协理事韩亨林、韦克义、金运昌参观展览

用笔简净，中锋逆藏，笔笔到位，如锥画沙，毫无虚怯靡弱之感，笔锋转换处，提按掣收，都交代得十分清楚。线条圆劲饱满，骨力中含，且富有变化。草法精准规范，造型美观大方，诚然符合于体标准草书的基本要求。可以看出，他对北碑南帖，以及当代的于右任、舒同等名家的精华，吸纳把握得很好。一个书法家，就是要从古人、古帖、古碑当中，吸取营养，经过自己的融合、提炼、糅合、吸纳，形成自己独特的风格，他的艺术成就才会在历史长河中延续。

中国书协理事，中纪委驻司法部纪检组原组长韩亨林评价：我和学敏先生是校友，他是师兄，我们都毕业于延安大学中文系，我们是1996年在福建认识的，所以，我们在一起交流也很多。学敏先生常以自作诗为书写内容，其豪情所至，心无挂碍，诗境与书境合而为一，水到渠成。他的书法受于右任影响，以于体书法为根基，兼容“二王”形与神、意与趣，形成他独有的碑帖融合特点。学敏先生的《小雪》一诗，是自作诗文，文风朴实优美，自然灵动，写出了小雪节气的特点。书法功力深厚，运笔沉着老到，疾徐顿挫之际，点画使转之间，上下属连，左右顾盼，章法有序，而又一气呵成，略无凝滞，展现了他诗书合璧、意韵相成的艺术风格。

小雪习俗

小雪节气，天气逐渐寒冷，马上进入食物匮乏的冬季，要做好越冬准备。所以，小雪的习俗大多与吃有关。

1. 吃糍粑

在南方有农历十月吃糍粑的习俗。古时，糍粑是南方地区传统的节日祭品，最早是农民用来祭牛神的供品。俗语“十月朝，糍粑禄禄烧”，就是指的祭祀事件。

2. 腌菜、腌腊肉

俗话说“冬腊风腌，蓄以御冬”。小雪后气温急剧下降，天气变得干燥，是腌制各种蔬菜、加工腊肉的好时候。小雪节气后，一些农家开始动手做香肠、腊肉，等到春节时正好享受美食。

3. 吃刨汤

小雪前后，土家族群众开始了一年一度“杀年猪，迎新年”的民俗活动，给寒冷的冬天增添了热烈的气氛。吃“刨汤”，是土家族的风俗习惯。用热气尚存的上等新鲜猪肉精心烹饪而成的美食称为“刨汤”。

4. 晒鱼干

小雪节气，南方沿海地区（特别是台湾省中南部地区）的渔民们开始晒鱼干、储存干粮。乌鱼群会在小雪前后来到台湾海峡，另外还有旗鱼、鲨鱼等。台湾省有俗谚：“十月豆，肥到不见头。”

小雪养生

小雪时节来临，温度会很低，这个时候掌握好合适的养生方法，通过合理的饮食、适当的运动，可以达到保养精气、强身健体、延年益寿的目的。

1. 心态平和

小雪之后，天气阴冷晦暗，光照少，人的心情容易郁闷，给健康带来不利影响。建议主动地调整心态，多参加户外活动，用琴棋书画愉悦心情。

2. 防寒保暖要做好

常言道:“若要安逸，勤脱勤着。”小雪时节，空气的湿润对于呼吸系统的疾病会有所改善。但雪后会出现降温天气，所以要做好御寒保暖，防止感冒的发生。

3. 早睡晚起，睡前泡脚

随着天气寒冷，太阳出来的时间变晚，此时宜避寒藏暖、早睡晚起。晚上用热水泡脚，能刺激足底穴位，促进血液循环，并能提高机体抗寒能力。

4. 宜吃温润益肾的食物

小雪时节，宜吃温润益肾的食物。食补的方式有很多，而其中汤补可谓是“食补之首”，食物烹调可多采用炖食，这样营养流失较少；多食热粥滋补肝肾、清泻内火、预防感冒。

5. 锻炼以舒缓为主

民谚云:“冬天动一动，少闹一场病；冬天懒一懒，多喝药一碗。”小雪时节天气寒冷，应适当锻炼，但要避免剧烈运动，要以舒缓为主，同时要避免在大风、大寒、大雪、雾露中锻炼。

大雪三候

○ 一候鹖鴠不鸣。

天气寒冷，寒号鸟也不再鸣叫了。

○ 二候虎始交。

此时是阴气最盛时期，所谓盛极而衰，阳气已有所萌动，老虎开始有求偶行为。

○ 三候荔挺出。

『荔挺』，草名，它感到阳气的萌动而抽出新芽。

二十四节气之

大雪

○每年12月6～8日，太阳位于黄经255°。时是大雪节气，大雪是二十四节气中的第二十一个节气。《月令七十二候集解》：『十一月节。大者，盛也。至此而雪盛矣。』

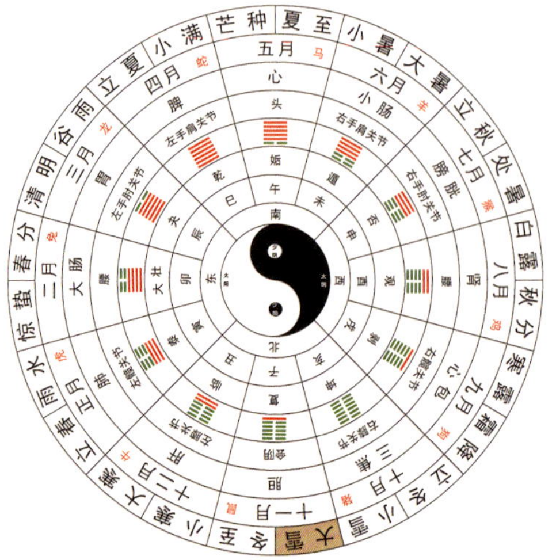

春	立春 *Spring begins* 02月03 ~ 05日	雨水 *The rains* 02月18 ~ 20日	惊蛰 *Insects awaken* 03月05 ~ 07日
	春分 *Vernal equinox* 03月20 ~ 22日	清明 *Clear and bright* 04月04 ~ 06日	谷雨 *Grain rain* 04月19 ~ 21日
夏	立夏 *Summer begins* 05月05 ~ 07日	小满 *Grain buds* 05月20 ~ 22日	芒种 *Grain in ear* 06月05 ~ 07日
	夏至 *Summer solstice* 06月21 ~ 22日	小暑 *Slight heat* 07月06 ~ 08日	大暑 *Great heat* 07 月22 ~ 24日
秋	立秋 *Autumn begins* 08月07 ~ 09日	处暑 *Stopping the heat* 08月22 ~ 24日	白露 *White dews* 09月07 ~ 09日
	秋分 *Autumnal equinox* 09月22 ~ 24日	寒露 *Cold dews* 10月08 ~ 09日	霜降 *Hoar-frost falls* 10月23 ~ 24日
冬	立冬 *Winter begins* 11月07 ~ 08日	小雪 *Light snow* 11月22 ~ 23日	大雪 *Heavy snow* 12月06 ~ 08日
	冬至 *Winter solstice* 12月21 ~ 23日	小寒 *Slight cold* 01月05 ~ 07日	大寒 *Great cold* 01月20 ~ 21日

大雪　张德治 摄

每年 12 月 6 ～ 8 日，太阳位于黄经 255° 时是大雪节气，大雪是二十四节气中的第二十一个节气。《月令七十二候集解》："十一月节。大者，盛也。至此而雪盛矣。"大雪的意思是天气更冷，降雪的可能性比小雪时更大了，并不是指降雪量一定很大；相反，大雪后各地降水量均进一步减少，东北、华北地区 12 月平均降水量一般只有几毫米，西北地区一般则不到 1 毫米。

大雪时节，除华南和云南南部无冬区外，我国大部分地区已进入冬季，东北、西北地区平均气温已达 -10℃以下，黄河流域和华北地区气温也稳定在 0℃以下，此时，黄河流域一带已渐有积雪，而在更北的地方，则已大雪纷飞了。但在南方，特别是广州及珠三角一带，却依然草木葱茏，干燥的感觉还是很明显，与北方的气候相差很大。南方地区冬季气候温和而少雨雪，平均气温较长江中下游地区约高 2 ～ 4℃，雨量仅占全年的 5%

花底庭院，杨柳庭春，碧草遮栏，
陕云女飞，行庭袖重重起舞扬，
绿杨纤纤翠叶，细雨轻寒，
楼弦住甲，玉枝琼香，新绿影，
隆庭深渟沼沼遮春夏

三屈题书敬

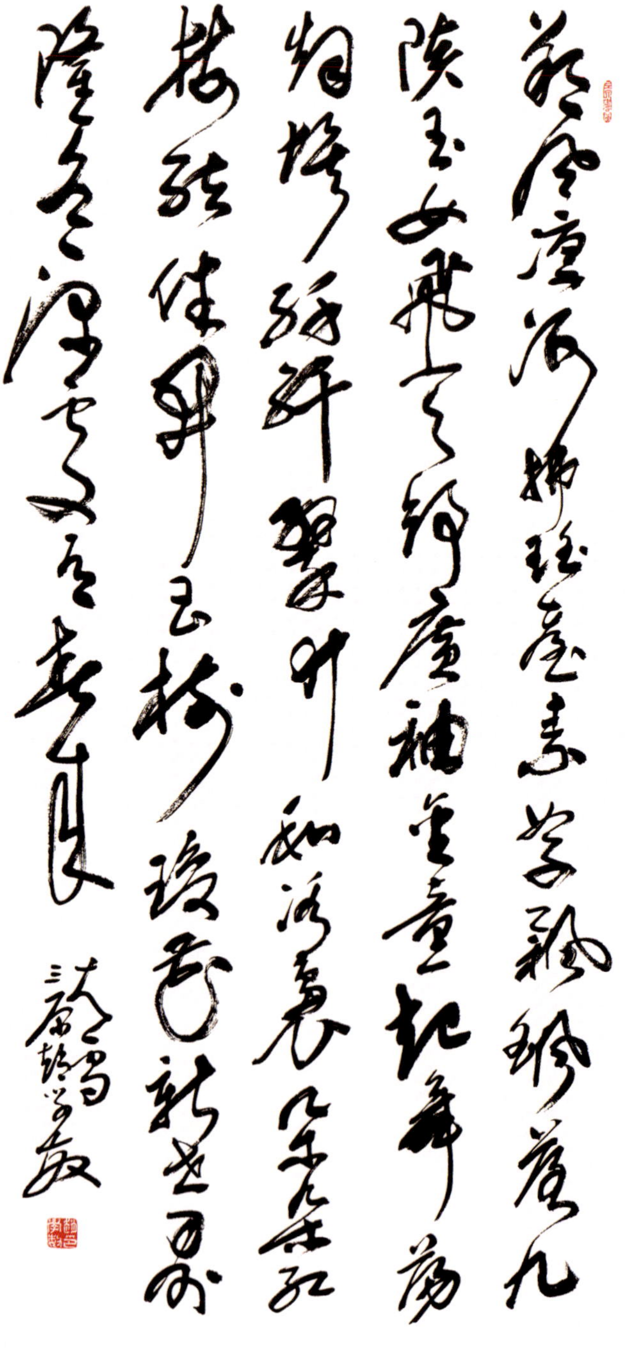

左右。偶有降雪，大多出现在一二月；地面积雪三五年难见到一次。这时，华南气候还有多雾的特点，一般12月是雾日最多的月份。雾通常出现在夜间无云或少云的清晨，气象学上称之为辐射雾。“十雾九晴”，雾多在午前消散，午后的阳光会显得格外温暖。

这时，我国大部分地区的最低温度都降到了0℃或以下。往往在强冷空气前沿冷暖空气交锋的地区，会降大雪，甚至暴雪。可见，大雪节气是表示这一时期，降大雪的起始时间和雪量程度，它和小雪、雨水、谷雨等节气一样，都是直接反映降水的节气。积雪覆盖保持地面及作物周围温度不会因寒流侵袭而降得很低，为作物创造了良好的越冬环境。积雪融化时又增加了土壤水分含量，可供作物春季生长的需要。雪水中氮化物的含量是普通雨水的5倍，有一定的肥田作用。故有“今年麦盖三层被，来年枕着馒头睡”的农谚。

大　雪

朔风凛冽拂瑶台，素絮飘飖落九陔。
玉女飞天舒广袖，金童起舞荡烟埃。
纤纤翠竹和冰袅，朵朵红梅结伴开。
玉树琼花新世界，隆冬深处有春来。

诗文赏析

赵学敏先生《大雪》一诗，浓墨重写大雪节气期间的雪景。诗人由远及近，从天上飘落的雪花、烟雾，到近处雪后挺拔艳丽的翠竹、红梅，在读者面前铺陈了一幅大雪纷飞的壮观场景。可以说，把大雪节气的雪景描绘得美轮美奂，引人进入人间雪景的胜境。整首诗气势磅礴，意境宏大，既有拟人、夸张的描写，也有细节的刻画，全篇诗意优美典雅。首联“朔风凛冽拂瑶台，素絮飘飖落九陔”，把雪花飘到天上瑶台，飘到边远的九陔，足见其壮观。特别是用“凛冽”和“飘飖”二词形容大雪节气寒风的特点和雪花飘扬的过程，使诗句的意境更加深刻。后两联“玉女飞天舒广袖，金童起舞荡烟埃”和“纤纤翠竹和冰袅，朵朵红梅结伴开”，是两个排比对仗句，结句工整，用词形象，完全可以用作联语。“玉女舒袖”、“金童起舞”、“和冰袅”、“结伴开”，运用典故对大雪节气景物细化特写，化静为动，涌入读者的眼帘，进一步加深诗境的意韵，使整诗更加有声有色。尾联“玉树琼花新世界，隆冬深处有春来”，画龙点睛，联想奇妙，形神兼备，让人在寒风料峭、雪花飞舞的隆冬，并不感到寒气逼人，而是充满欣喜与洋溢着春意。

名家点评

中国书协副主席、中国书协草书委员会主任刘洪彪评价：以学敏先生的年龄、身份，他对书法的挚爱、刻苦、勤奋，让我们年轻人自叹不如，由衷钦佩。学敏先生谦虚好学，经常虚心请教，对他书法中存在的问题，不断改善，所以，他的书法技艺进步很快。从他这幅《大雪》作品看出，他的草法规范，用笔老辣，将碑的凝重与帖的灵动和谐统一，无生硬、重浊、板滞之病。不事雕琢，全凭情性一任写来，显得平和、散淡、自然。以极大的睿智出碑入帖，取碑之拙而融帖之巧，得帖之轻灵而兼碑之沉实，既有碑的朴茂劲健，又有帖的流畅爽利。学敏先生达到了碑帖完美融合，他让我们在碑与帖的夹缝中看到了另一种行草书碑帖融合的可能，相信能带给当代书法更多元、更多维的启示和思考。

著名评论家何西来评价：学敏先生行草书法基本风格特点是雄逸。雄，是指笔墨章法的气象和格局，从开笔到落款，一气贯注始终，有龙腾虎跃之势，无力怯犹豫之处。逸，则是自由、自如，举重若轻，游刃有余的状态与境界。它既是作品的审美存在状态，更是从作品反映出来的书家临池挥笔时的主体精神境界，达到逸的境界，是长期修炼的结果，非一朝一夕可致。以草书而论，他一方面谨守于右任家法，撷二王逸韵，另一方面，对明清易代之际王铎的草书技艺亦颇为倾心，并且进行了认真的揣摩和研究，能够借鉴与吸收的，他也尽可能拿来为自己所用。在草法上，他仍坚持了于右任标准草书的结体规范和书写规范，中锋用笔，不涉险怪，更不搞花拳绣腿，只于平正中见奇崛，显功力。学敏用笔，即使多数互不连接的相邻两字之间，也是形断而神连。正是在这种外在的连与不连之间，形断神连之间，让人见出气韵、神理的流转，形成分明的类似乐章的旋律感。

大雪习俗

大雪是相对于小雪节气而言，降雪更频、更大，天气会越来越冷，大雪节气的到来不仅衍生了许多有趣的户外活动，又丰富了人们的生活饮食。

1. 滑冰

滑冰是冬季游戏之一，古时称为冰嬉。北方严寒，河流冻得坚实，有的地方汲水浇成冰山，高三四丈，晶莹光滑，人们缚皮带蹬皮鞋，从山顶挺立而下，以到地而不仆倒者为胜，这种游戏叫作打滑挞。

2. 赏雪玩雪

雪后初晴，大地山河宛若琼楼玉宇，高瞻远眺，饶有趣味。《东京梦华录》关于腊月有记载：“此月虽无节序，而豪贵之家，遇雪即开筵，塑雪狮，装雪灯，以会亲旧。”儿童可与父母或伙伴在院中堆雪人、打雪仗，尽情享受冰雪世界的乐趣。

3. 观赏封河

“小雪封地，大雪封河”，北方有“千里冰封，万里雪飘”的自然景观，南方也有“雪花飞舞，漫天银色”的迷人图画。到了大雪节气，河里的冰都冻住了，人们可以尽情地滑冰嬉戏。

4. 腌腊肉

“小雪腌菜，大雪腌肉”，大雪节气一到，家家户户开始忙着买肉、腌肉，以迎接新年。大街小巷全是冬天的味道、过年的味道。

大雪养生

大雪是“进补”的好时节，素有“冬天进补，开春打虎”的说法。从中医养生学的角度看，春种夏长秋收冬藏，做好大雪养生能提高人体免疫力和抵抗力，为来年的良好身体机能做好储备工作。

1. 保暖护阳气

大雪节气的特点是干燥，空气湿度很低，衣服要随着温度的降低而增加，宜保暖贴身，应注意风邪和寒邪的侵入，尤其是头部和脚部。俗话说“寒从脚起”，特别要注意足部的保暖。

2. 多喝水、多吃水果蔬菜、多喝粥

大雪节气室内外干燥，人体缺水，要多喝水、多吃水果和蔬菜，及时补充水分，以保证器官正常的新陈代谢。冬季饮食忌粘硬生冷。早晨宜喝热粥，晚餐宜节食，以养胃气。

3. 起居宜早睡早起，注意通风

冬季日短夜长，宜早卧迟起，早睡以养阳气，迟起以固阴精。大雪时节，万物潜藏，养生也要顺应自然规律，在“藏”字上下功夫。早晚温差悬殊，老年人要谨慎起居，适当运动，增强对气候变化的适应能力。冬季室内空气污染程度比室外严重得多，应注意常开门窗通风换气，以清洁空气，健脑提神。

4. 保持精神良好

冬天易使人身心处于低落状态。改变情绪低落的最佳方法就是活动，如慢跑、跳舞、滑冰、打球等，这些都是消除冬季烦闷、保养精神的良药。

阳，测定出冬至，时间在每年公历的12月21～23日之间。冬至日太阳直射南回归线，北半球昼最短、夜最长。

冬至三候

○ 一候蚯蚓结。

传说蚯蚓是阴曲阳伸的生物，此时阳气虽已生长，但阴气仍然十分强盛，土中的蚯蚓仍然蜷缩着身体。

○ 二候麋角解。

麋与鹿同科，却阴阳不同，古人认为麋的角朝后生，所以为阴，而冬至一阳生，麋感阴气渐退而解角。

○ 三候水泉动。

由于阳气初生，所以此时山中的泉水可以流动并且温热。

二十四节气之

冬至

○每年12月21～23日，太阳位于黄经270°时是冬至节气，冬至是二十四节气中的第二十二个节气。冬至，又称为『冬节』『长至节』『亚岁』等，是中国农历中一个重要节气，也是中华民族的一个传统节日。冬至是二十四节气中最早制订出的一个，起源于春秋时期；中国古代使用土圭观测太

春	立春 *Spring begins* 02月03 ~ 05日	雨水 *The rains* 02月18 ~ 20日	惊蛰 *Insects awaken* 03月05 ~ 07日
	春分 *Vernal equinox* 03月20 ~ 22日	清明 *Clear and bright* 04月04 ~ 06日	谷雨 *Grain rain* 04月19 ~ 21日
夏	立夏 *Summer begins* 05月05 ~ 07日	小满 *Grain buds* 05月20 ~ 22日	芒种 *Grain in ear* 06月05 ~ 07日
	夏至 *Summer solstice* 06月21 ~ 22日	小暑 *Slight heat* 07月06 ~ 08日	大暑 *Great heat* 07 月22 ~ 24日
秋	立秋 *Autumn begins* 08月07 ~ 09日	处暑 *Stopping the heat* 08月22 ~ 24日	白露 *White dews* 09月07 ~ 09日
	秋分 *Autumnal equinox* 09月22 ~ 24日	寒露 *Cold dews* 10月08 ~ 09日	霜降 *Hoar-frost falls* 10月23 ~ 24日
冬	立冬 *Winter begins* 11月07 ~ 08日	小雪 *Light snow* 11月22 ~ 23日	大雪 *Heavy snow* 12月06 ~ 08日
	冬至 *Winter solstice* 12月21 ~ 23日	小寒 *Slight cold* 01月05 ~ 07日	大寒 *Great cold* 01月20 ~ 21日

冬至　张德治 摄

每年12月21～23日，太阳位于黄经270°时是冬至节气，冬至是二十四节气中的第二十二个节气。冬至，又称为“冬节”、“长至节”、“亚岁”等，是中国农历中一个重要节气，也是中华民族传统“小年”节日。冬至是二十四节气中最早制订出的一个，起源于殷周时期；周公旦利用土圭观测太阳，测定出冬至，时间在每年公历的12月21～23日之间。冬至日太阳直射南回归线，北半球昼最短、夜最长。

《月令七十二候集解》中说：“十一月中。终藏之气，至此而极也。”《恪遵宪度》说：“日南至，日短之至，日影长至，故曰冬至。‘至’者，极也。”殷周时期，规定冬至前一天为岁终之日，冬至节实质上相当于春节。实施夏历后，冬至一直排在24个节气的首位，称之为“亚岁”。

冬至前后，北半球日照时间最短，接收的太阳辐射量最少，但这时地面在夏半时积蓄的热量还可提供一定的补充，这时气温还不是最低。此

至夜綿長不寐天黄鐘歌舞
慶豐年團圓餃子長壽麵莫
忘陽氣復被寒

冬至 三原趙學敏

时，地面获得的太阳辐射热量比地面散失少，所以在短期内气温仍继续下降，所以民间有“冬至不过不冷”之说。“三九”是冬至后的第三个九天，大约在 1 月 12 ~ 20 日之间，这九天是一年中最冷的时节。冬至过后，到了“三九”前后，土壤深层所积储的热量已经慢慢消耗殆尽，尽管地表获得太阳的光和热有所增加，但仍入不敷出，此时冷空气活动最为频繁，所以“冷在三九”。

天文学上把“冬至”规定为北半球冬季的开始。冬至后，虽进入了“数九天气”，但我国地域辽阔，各地物候景观差异较大。东北大地千里冰封，琼装玉琢；黄淮地区也常常是银装素裹；大江南北这时平均气温一般在5℃以上，冬作物仍继续生长，菜麦青青，一派生机，正是“水国过冬至，风光春已生”；而华南沿海的平均气温则在 10℃以上，更是花香鸟语，满目春光。冬至前后是兴修水利，大搞农田基本建设、积肥造肥的大好时机，同时要施好腊肥，做好防冻工作。江南地区更应加强冬作物的管理，做好清沟排水，培土壅根，对尚未犁翻的冬板田要抓紧耕翻，以疏松土壤，增强蓄水保水能力，并消灭越冬害虫。已经开始春种的南部沿海地区，则需要认真做好水稻秧苗的防寒工作。

冬至也是闰月的参照标准。在我国传统的阴阳五行理论中，冬至是阴阳转化的关键节气。在十二辟卦为地雷复卦，称为“冬至一阳生”。在黄帝时以冬至为元旦（朔旦），冬至曾是“年”（“岁首”、“元旦”），一年是两个冬至之间的日期。为了调整历法年的平均长度，使其与回归年的长度相符合，有时需要调整个别月份的长度或增加一年中的月数。这个被调整的月份或增加的月份就被称为“闰月”。置闰的月从“冬至”开始，当出现第一个没有“中气”的月份，这个月就是闰月，其名称是在前个月的前面加一个“闰”字。这样调整，使它的日期既能显示月亮的盈亏变化，又能与公历的四季保持同步。

因为冬至并没有固定于特定一日，因此和清明一样，被称为“活节”。

冬　至

至夜绵长不寐天，黄钟歌舞庆丰年。
团圆饺子长寿面，莫忘阳泉寝被寒。

诗文赏析

赵学敏先生这首《冬至》诗，生活气息和人情味很浓。诗人把节气与节日的气氛融合起来，既写冬至节气的特点，又写几千年来形成的冬至的民间风俗，用词又通俗易懂，使读者读后倍感温馨自然，不由自主地产生一种想家的感觉。起承两句“至夜绵长不寐天，黄钟歌舞庆丰年”，“绵长”一词写出了冬至节气昼短夜长的特点。同时，又用“不寐”烘托出节日的气氛。殷周时期，规定冬至前一天为岁终之日，冬至节相当于现在的春节。至今，人们还保留着“冬至”就是过“小年”的习俗。诗人用敲黄钟、唱歌跳舞勾画出了人们庆祝丰收的场景。转合两句“团圆饺子长寿面，莫忘阳泉寝被寒”，描写的是冬至节日的习俗文化，这些习俗文化延续至今而且不断发展。饺子和长寿面代表着人们期望团圆、健康长寿的一种美好愿望，同时，人们在冬至团圆时，不忘祭念祖先和前辈亲人。整首诗通晓明白，融进了民间风俗和亲情意识，读起来亲切感人。

名家点评

中国美协主席、中央美术学院院长范迪安评价：从学敏先生的二十四节气诗和书法，我能感受到他对于当今社会发展现实的关注，他并且能够把这种关注转化成为笔底的诗意形象和书法作品意境，读他的诗书，很容易让人从诗词内容、书法艺术两个方面感受到他胸怀的宽广和思想

陪同中国艺术研究院原院长连辑、中国书协理事张志和一起参观展览

境界的高远。学敏先生是从对于右任书法的研习开始进入书法创作的。于体风格作为他的书法技艺上面的、形式方面的底蕴，经过了他的转化形成了自己的风格。学敏先生这幅《冬至》作品，把行草的运笔放到楷书中，有楷书的凝重和行书的灵动。同时，他始终注重书写的流畅性，注重字与字之间的联系，特别注意笔线的丰富变化，所以他为自己树立了书写风格的范畴，并在这个范畴里面寻求个性风格，从而形成自己更为饱满、更为鲜明的艺术特色。

中国书协理事、北京大学书法艺术研究所所长王岳川评价：学敏先生的《冬至》作品，能够通过墨的浓、淡，正锋、偏锋、侧锋，写出大小不同、意态各异的心情，写出自己的人格魅力和精神气质。透过他的书法内蕴的深厚学养，我看到他的书法笔意中潜在的中国文化的功底。他丰富的文字学、文化学、书法学知识，使他能把书作写得大气磅礴，形神兼备。

錦長不寐
年團圓解
衾寢被寒

学敏先生的书风浑厚与秀雅兼具，具有秀雅为貌、苍朴为中的特点，这也是他丰富的人生历练与深厚的学识高度凝练的升华。中国历史上很少有专业的书法家；相反，更多的是文人在精通经史子集之后，在笔墨中重新展示自己的心灵的踪迹。从《冬至》作品中可以看到其书法的文化厚度，同时也可以看到学敏先生“退笔如山未足珍，读书万卷始通神”的精神高度。

冬至习俗

在我国古代对冬至很重视，冬至被当作一个较大的节日，曾有“冬至大如年”的说法，而且有庆贺冬至的习俗。《汉书》中说：“冬至阳气起，君道长，故贺。”人们认为，过了冬至，白昼一天比一天长，阳气回升，是一个节气循环的开始，也是一个吉日，应该庆贺。《晋书》上记载有“魏晋冬至日受万国及百僚称贺……其仪亚于正旦”，说明古代对冬至日的重视。

1. 祭祀

冬至节亦称冬节、交冬。它既是二十四节气之一，也是中国的一个传统节日，宫廷和民间历来十分重视，从周代起就有祭祀活动。

2. 九九消寒

入九以后，有些文人、士大夫者流，搞所谓消寒活动，择一“九”日，相约九人饮酒（“酒”与“九”谐音），席上用九碟九碗，成桌者用“花九件”席，以取九九消寒之意。

3. 吃水饺

每年农历冬至这天，不论贫富，饺子是必不可少的节日饭。谚云：“十月一，冬至到，家家户户吃水饺。”这种习俗，是因纪念“医圣”张仲景冬至舍药留下的。冬至吃饺子，是不忘“医圣”张仲景“祛寒娇耳汤”之恩。

4. 吃狗肉羊肉

冬至吃狗肉的习俗据说是从汉代开始的。相传，汉高祖刘邦在冬至这一天吃了樊哙煮的狗肉，觉得味道特别鲜美，赞不绝口。从此在民间形成了冬至吃狗肉的习俗。现在的人们在冬至这一天，吃狗肉、羊肉以及各种滋补食品，以求来年有一个好兆头。

5. 红豆米饭

在江南水乡，有冬至之夜全家欢聚一堂共吃赤豆糯米饭的习俗。相传，共工氏有不才子，作恶多端，死于冬至这一天，死后变成疫鬼，继续残害百姓。但是，这个疫鬼最怕赤豆，于是，人们就在冬至这一天煮吃赤豆饭，用以驱除疫鬼，防灾祛病。

冬至养生

冬季进补很关键，此时营养物质吸收得快，通过调补能使“精气”储存于体内，到了来年春天就不容易得病。冬至寒冷，养生应当遵循闭藏的原则合理调摄起居。

1. 要做好精神调养

养生重点是要养心。要养生先养善良、宽厚之心，心底宽自无忧。冬季养生，要静神少虑，保持精神畅达乐观，不为琐事劳神，不要强求名利、患得患失，避免长期“超负荷运转”，防止过度劳累，积劳成疾。

2. 起居调养

我国非常注重冬季的养生，在传统文化中认为春夏为阳，秋冬为阴，冬天的时候一定要安排好自己的起居生活，不然春天来的时候身体就会出现一系列的不适症状，冬天天气寒冷一定要做好各种保暖工作，最好是每天晚上泡一下脚，泡脚既可以保证血液循环的畅通，又可以缓解疲劳，促进睡眠，但是需要注意的是泡脚的水温度不要太高，以暖而不烫为好。

3. 运动调养

运动是非常好的锻炼方式，但是冬天晨练最好是等到太阳出来之后，否则可能会损伤人体的阳气。冬至后如果要外出的话一定要穿好衣服，不要受寒着凉导致感冒的发生。冬天锻炼不宜太过剧烈，最好是做一些动静结合的运动，比如太极拳、瑜伽等。

4. 饮食调养

冬至来临可多吃一些滋补的食物，不仅可以使身体得到充足的营养，还能够给身体带来更多的阳气，让人更加健康。适合冬季食用的食物有羊肉、白萝卜、红薯、栗子、枸杞等。

小寒三候

○一候雁北乡。

候鸟中大雁是顺阴阳而迁移的，此时阳气已动，所以大雁开始向北迁移。

○二候鹊始巢。

此时北方的喜鹊感觉到阳气而开始筑巢。

○三候雉雊。

『雉雊』的『雊』为鸣叫的意思，雉在接近四九时会感到阳气的生长而鸣叫。

二十四节气之

小寒

○每年1月5～7日，太阳位于黄经285°时是小寒节气，小寒是二十四节气中的第二十三个节气。小寒与大寒、小暑、大暑及处暑一样，都是表示气温冷暖变化的节气。《月令七十二候集解》：『十二月节。月初寒尚小，故云。月半则大矣。』

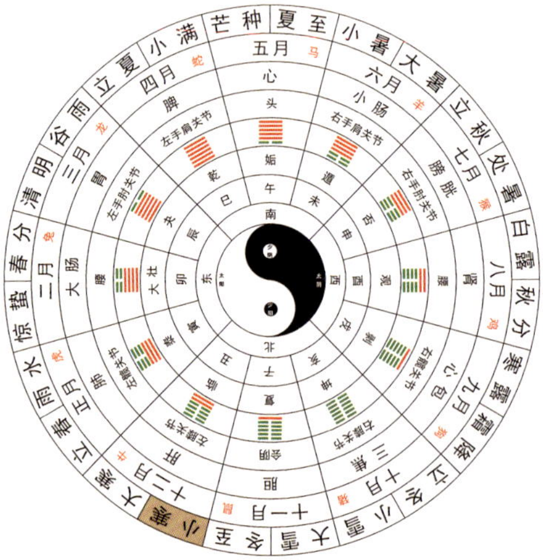

春	立春 *Spring begins* 02月03 ~ 05日	雨水 *The rains* 02月18 ~ 20日	惊蛰 *Insects awaken* 03月05 ~ 07日
	春分 *Vernal equinox* 03月20 ~ 22日	清明 *Clear and bright* 04月04 ~ 06日	谷雨 *Grain rain* 04月19 ~ 21日
夏	立夏 *Summer begins* 05月05 ~ 07日	小满 *Grain buds* 05月20 ~ 22日	芒种 *Grain in ear* 06月05 ~ 07日
	夏至 *Summer solstice* 06月21 ~ 22日	小暑 *Slight heat* 07月06 ~ 08日	大暑 *Great heat* 07 月22 ~ 24日
秋	立秋 *Autumn begins* 08月07 ~ 09日	处暑 *Stopping the heat* 08月22 ~ 24日	白露 *White dews* 09月07 ~ 09日
	秋分 *Autumnal equinox* 09月22 ~ 24日	寒露 *Cold dews* 10月08 ~ 09日	霜降 *Hoar-frost falls* 10月23 ~ 24日
冬	立冬 *Winter begins* 11月07 ~ 08日	小雪 *Light snow* 11月22 ~ 23日	大雪 *Heavy snow* 12月06 ~ 08日
	冬至 *Winter solstice* 12月21 ~ 23日	小寒 *Slight cold* 01月05 ~ 07日	大寒 *Great cold* 01月20 ~ 21日

小寒　张德治 摄

每年1月5～7日，太阳位于黄经285°时是小寒节气，小寒是二十四节气中的第二十三个节气。小寒与大寒、小暑、大暑及处暑一样，都是表示气温冷暖变化的节气。《月令七十二候集解》：“十二月节。月初寒尚小，故云。月半则大矣。”小寒的意思是天气已经很冷，我国大部分地区小寒和大寒期间一般都是最冷的时期，民间有“小寒胜大寒”的说法。小寒的到来，意味着一年最冷天气的开始。既然小寒更冷，古人为什么要在小寒后又加一个大寒，而不是倒过来排列呢？中国传统文化讲究“物极必反”，认为寒暑交替的“天道”是寒冷之后迅速回暖，如果先大寒后小寒，从字面上就找不到最冷后“回暖”的感觉了，所以把大寒放后面，让大寒后迅速回归立春，这才符合中国人的思维习惯。

小寒时节，我国大部分地区已进入严寒时期，土壤冻结，河流封冻，加之北方冷空气不断南下，天气寒冷，人们叫作“数九寒天”。在我国南

雪壓梅花霽後妍
屠蘇酒飲慶新元
時聞娃雛歌聲嫩
不覺春回燕語天

二十四節氣小寒 趙學敏

方虽然没有北方峻冷凛冽，但是气温亦明显下降。在南方最寒冷的时候是小寒及雨水和惊蛰之间这两个时段。小寒时是干冷，而雨水后是湿冷。

小寒节气正值“三九”前后，民间说“三九出门冰上走”，我国大部分地区开始进入严寒时期，北方地区的农事活动几乎完全停止，人们普遍忙着准备迎接新年，正如农谚所说，“小寒忙买办，大寒要过年”、“小寒大寒，杀猪过年”。在办好年货之余，人们有时也做些积肥工作。有农谚说：“一月小寒随大寒，农人拾粪莫偷闲。”

小寒天气酷寒，南北地域跨度大，北方大部分地区地里已没活，都要进行歇冬，主要任务是在家做好菜窖、畜舍保暖和造肥积肥等工作。南方地区小寒节气需要做好油菜清沟、小麦追肥等工作，倘若遇到强冷空气，则通过在地里洒草木灰、作物秸秆或盖粪等帮助作物度过最冷时节。

小　寒

雪点梅花雾后妍，屠苏酒饮庆新元。
时闻雉雊歌声妙，不觉春回燕语天。

诗文赏析

赵学敏先生《小寒》一诗，属于典型的节气诗歌，雪后盛开的梅花，畅饮屠苏酒，野鸡清脆的叫声，和小寒前后新元庆新年等，将小寒节气物候的特点都表现出来了，特别是整首诗上下联系紧密，用词生动形象，好似一幅山水油画，或者一幅草书作品，一气呵成。起句“雪点梅花雾后妍”的“点”字，承句“屠苏酒饮庆新元”的“庆”字，还有转句野鸡的叫声，把小寒节气写活了。野鸡是一种十分敏感的飞禽，在小寒节令阳气上升时，发出鸣叫，使人沉醉在梅开鲜艳、新元酒庆和野鸡唱歌的佳境之中，流连忘返。尤其是合句“不觉春回燕语天”，最是精彩感人，同前三句联系起来，人们沉浸在欢庆新元的欢乐中，不再感觉到小寒的寒冷，自然地回到春回大地、鸟语花香的春天。

名家点评

北京市政协常委、中国书协理事白景峰评价：学敏先生这组二十四节气诗从酝酿到完成，不下五年时间，他翻来覆去，写了好几次，我就看见过好几个版本了。他这种精神，就是习总书记在文艺座谈会上讲到的孜孜以求、精益求精的精神。总书记希望在这个时代，文艺创作多出现高峰。我们这个时代，要打造艺术的高峰，就是要求我们艺术家首先有一种代表作意识，能不能成为经典，那是历史来说的，能不能成为高峰也是后人来说的，但是我们每一个人想到达自己一生中艺术的高峰，则一定要有代表作意识。赵学敏先生这组二十四节气诗一共24首，他通过几年时间来打造这件艺术作品，而且书法作品也是反复修改、反复创作。这说明他有代表作意识，他想打造自己人生中的一个时期个人的艺术高峰，这样一种精神和决心应该给我们每一位艺术家一种启示，这也是党和国家呼唤艺术高峰的时代背景下，我们应该努力的方向。赵学敏先生的二十四节气诗，首首精彩。小寒“不觉春回燕语天”，网友都点赞了，书法也挥洒自如，用笔圆拙，形成了诗书合璧！

中国书协学术委员会委员、北京师范大学艺术与传媒学院书法专业教授倪文东评价：学敏先生是我们尊敬的一个长者、学者、智者和书者，他长期从事行政工作，把自己的工作和自己的书法爱好结合起来，从内心对书法感悟，顺其自然。他的二十四节气诗词，平仄、对仗做得非常工稳，而且很文气。他的书法既有魏碑的雄强、雄浑、苍健，又融入帖学的灵动与优美，达到了碑帖融合。他这幅《小寒》作品就是代表，上下贯气，自然稳健，墨色淹润，气魄雄厚，章法、结构以及用笔，均展现出一种从容娴雅、清雅明快的意境。

小寒习俗

小寒时节天气酷寒，我国南北地域跨度大，因而形成了各具地方特色的习俗。

1. 采购年货准备过年

俗话说："小寒大寒，冷成冰团。"生活上，除注意日常保暖外，进入小寒年味渐浓，人们开始忙着写春联、剪窗花，赶集买年画、彩灯、鞭炮、香火等，陆续为春节做准备。

2. 九九消寒，每天一笔

从元代就已开始，从皇宫到民间都时兴的"九九消寒图"，有铜钱形、梅花形、文字形、葫芦形等多种。一般这么玩：冬至之后，贴梅花一枝于窗间，佳人梳妆之时，每天用胭脂涂满一圈，等到八十一圈都涂满，原本雪白的梅花尽皆化身杏花，窗外已春回大地。

3. 喝腊八粥

"小寒"节气中有一重要的民俗就是喝"腊八粥"。《燕京岁时记》记载："腊八粥者，用黄米、白米、江米、小米、菱角米、栗子、红豇豆、去皮枣泥等，合水煮熟，外用染红桃仁、杏仁、瓜子、花生、榛穰、松子及白糖、红糖、琐琐葡萄，以作点染。"

4. 探梅

此时腊梅已开，红梅含苞待放，挑选有梅花的绝佳风景地，细细赏玩，鼻中有孤雅幽香，神志也会为之清爽振奋。

5. 冰戏

我国北方各省，入冬之后天寒地坼，冰期十分长久，人们在冰面特厚的地方，设有冰床，供行人玩耍，也有穿冰鞋在冰面竞走的，古代称为冰戏。《宋史》记载："故事斋宿，幸后苑，作冰戏。"《钦定日下旧闻考》记载："西华门之西为西苑，榜曰西苑门，入门为太液池，冬月则陈冰嬉，习劳行赏。"《倚晴阁杂抄》中关于北京旧时风俗，亦有记载："明时，积水潭尝有好事者，联十余床，携都篮酒具，铺截锐其上，轰饮冰凌中，亦足乐也。"

6. 腊祭

腊祭为我国古代祭祀习俗之一，远在先秦时期就已形成。汉应劭《风俗通义》云："腊者，猎也，言田猎取兽以祀其祖先也。或曰腊者，接也，新故交接，故大祭以报功也。""腊祭"含义有三：一是表示不忘记自己及其家族的本源，表达对祖先的崇敬与怀念；二是祭百神，感谢他们一年来为农业所作出的贡献；三是人们终岁劳苦，此时农事已息，借此游乐一番。自周代以后，"腊祭"之俗历代沿袭，从天子、诸侯到平民百姓，人人都不例外。

小寒养生

人们常说"冷在三九，热在三伏"，而"三九天"就在小寒节气内，所以说小寒是全年最冷的节气。因此，小寒的养生原则是敛藏精气、固本扶元，以"防寒补肾"为主。

1. 早睡晚起，注意保暖

《黄帝内经·素问·四气调神大论》曰："早卧晚起，必待日光。"早睡可以养人体的阳气，晚起可以养人体的阴气，使身体内的阴阳维持平衡。民间有"冬天戴棉帽，如同穿棉袄"的说法，提示我们冬天注意头部保暖的重要性。每晚坚持用温热水泡脚，按摩和刺激双脚穴位，既温肾补阳，又促进全身血液循环。

2. 饮食应以温补为主，尤其要重视“补肾防寒”

民谚说：“三九补一冬，来年无病痛。”这说明小寒进补十分重要。此时应当遵循“秋冬养阴”、“无扰乎阳”的原则，多食用一些温热食物以补益身体，防御寒冷对人体的侵袭。

3. 调畅情志慎忧思

小寒时节寒风凛冽，阴雪纷纷，易扰乱人体阳气，使人萎靡不振。此时应调整自己的心态，注意精神的调养，保持乐观，节喜制怒。可以多听听音乐，多晒太阳，多参加丰富多彩的文体娱乐活动，为生活增添乐趣。

4. 适度运动要适时

民谚说：“冬天动一动，少闹一场病。”小寒节气适度运动，可增强免疫力，有效预防感冒，同时使人精力充沛。习惯晨练的人们，适当推迟外出时间，尽量日出后锻炼。同时，做好御寒保暖，最好戴上帽子、手套等。

5. 中医理疗要熟悉

中医外治法对身体健康大有裨益，可以通过艾灸、手指点穴、三九贴敷等方法来调养因寒冷带来的身体不适。

大寒三候

〇一候鸡乳。

鸡是木畜，提前感知到春气，开始孵小鸡了。

〇二候征鸟厉疾。

鹰隼之类的征鸟，正处于捕食能力极强的状态中，盘旋于空中到处寻找食物，以补充身体的能量抵御严寒。

〇三候水泽腹坚。

水泽上下都冻透了，寒至极处，按物极必反原理，坚冰深处春水生，冻到极点，就要开始走向消融了。

二十四节气之

大寒

○ 每年1月20～22日，太阳位于黄经300°时是大寒节气，大寒是二十四节气中的最后一个节气。《月令七十二候集解》：『十二月中。解前（小寒）。』《授时通考·天时》引《三礼义宗》：『大寒为中者，上形于小寒，故谓之大……寒气之逆极，故谓大寒。』

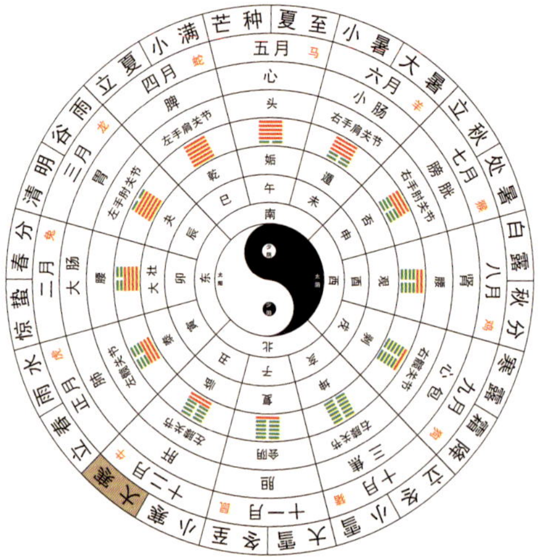

春	立春 *Spring begins* 02月03～05日	雨水 *The rains* 02月18～20日	惊蛰 *Insects awaken* 03月05～07日
	春分 *Vernal equinox* 03月20～22日	清明 *Clear and bright* 04月04～06日	谷雨 *Grain rain* 04月19～21日
夏	立夏 *Summer begins* 05月05～07日	小满 *Grain buds* 05月20～22日	芒种 *Grain in ear* 06月05～07日
	夏至 *Summer solstice* 06月21～22日	小暑 *Slight heat* 07月06～08日	大暑 *Great heat* 07 月22～24日
秋	立秋 *Autumn begins* 08月07～09日	处暑 *Stopping the heat* 08月22～24日	白露 *White dews* 09月07～09日
	秋分 *Autumnal equinox* 09月22～24日	寒露 *Cold dews* 10月08～09日	霜降 *Hoar-frost falls* 10月23～24日
冬	立冬 *Winter begins* 11月07～08日	小雪 *Light snow* 11月22～23日	大雪 *Heavy snow* 12月06～08日
	冬至 *Winter solstice* 12月21～23日	小寒 *Slight cold* 01月05～07日	大寒 *Great cold* 01月20～21日

大寒　张德治 摄

每年 1 月 20 ~ 22 日，太阳位于黄经 300° 时是大寒节气，大寒是二十四节气中的最后一个节气。《月令七十二候集解》:“十二月中。解前（小寒）。”《授时通考 · 天时》引《三礼义宗》:“大寒为中者，上形于小寒，故谓之大……寒气之逆极，故谓大寒。”这时寒潮南下频繁，是中国部分地区一年中的最冷时期，风大，低温，地面积雪不化，呈现出冰天雪地、天寒地冻的严寒景象。过了大寒，将迎来新一年的节气轮回。

同小寒一样，大寒也是表示天气寒冷程度的节气。近代气象观测记录虽然表明，在我国部分地区，大寒不如小寒冷，但是，在某些年份和沿海少数地区，全年最低气温仍然会出现在大寒节气内。大寒时节，中国南方大部分地区平均气温多为 6 ~ 8℃，比小寒高出近 1℃。“小寒大寒，冷成一团”的谚语，说明大寒节气也是一年中的寒冷时期。

大寒节气里，各地农活依旧很少。北方地区老百姓多忙于积肥堆肥，

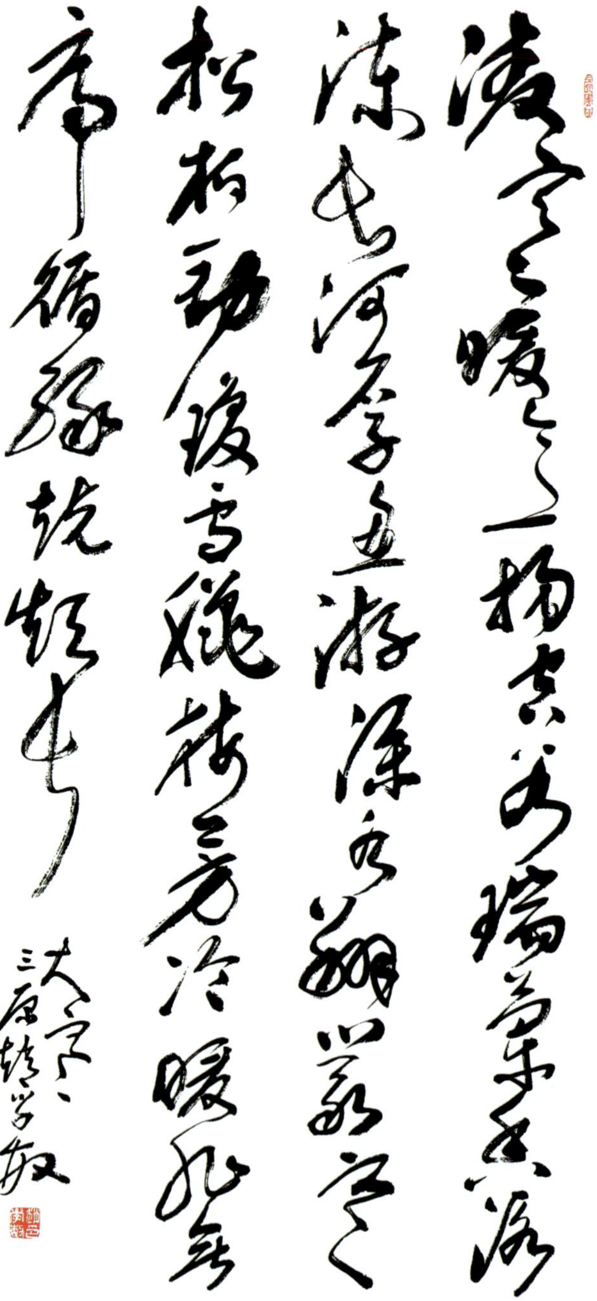

为开春做准备，或者加强牲畜的防寒防冻。南方地区则仍须加强小麦及其他作物的田间管理。广东岭南地区有大寒联合捉田鼠的习俗。因为这时作物已收割完毕，平时看不到的田鼠窝多显露出来，大寒也成为岭南当地集中消灭田鼠的重要时机。除此以外，各地的人们还以大寒气候的变化预测来年雨水及粮食丰歉情况，及早安排农事。

小寒、大寒是一年中雨水最少的时段。常年大寒节气，中国南方大部分地区雨量仅较前期略有增加，华南大部分地区为 5 ~ 10 毫米，西北高原山地一般只有 1 ~ 5 毫米。华南冬干,越冬作物这段时间耗水量较小，农田水分供求矛盾一般并不突出。不过“苦寒勿怨天雨雪，雪来遗到明年麦”，如果此时下雪，农民会很高兴。在雨雪稀少的情况下，不同地区按照不同的耕作习惯和条件，适时浇灌，对小麦作物生长无疑是大有好处的。

大　寒

凌寒暖意扬，空谷瑞兰香。
冰冻长河厚，鱼游深水翔。
严寒松柏劲，琼雪腊梅芳。
冷暖非无序，循缘竞短长。

诗文赏析

赵学敏先生《大寒》一诗，是二十四节气组诗中承上启下的一首诗歌，因为大寒节令时期，虽然寒冷至极，但阳气也上升很高，物候呈现出寒冷和阳生兼具的特点。同时，这首诗蕴含了丰富的生活哲理，读诗时，不仅可以品读诗境的优美，还能感悟到生活的乐趣。首联和颔联、颈联都是描写两个相反的物候，形成鲜明对照，生动形象。首联“凌寒暖意扬，空谷瑞兰香”，此时天气十分寒冷，但山谷峭壁上却兰花飘香。颔联“冰冻长河厚，鱼游深水翔”和颈联“严寒松柏劲，琼雪腊梅芳”，既是工整对仗句，又把长河的冻冰、鱼游深水、松柏苍劲、腊梅芬芳的相反物候，生动描绘出来了，画面生机勃勃，静谧超旷，把大寒节气的风景表现得如烟如霞、清新自然。尾联“冷暖非无序，循缘竞短长”，是全诗的总结，揭示了冷暖有秩序的自然规律，启迪人们去道法自然。

名家点评

翟万益先生评价：赵学敏先生与二十四节气发生密切关联，是由于他长期从事县、地、省的领导工作，并且在很多时间里分管农业方面的工作，这样他就必须熟练掌握当地省、市农业与节候的关系，十分及时恰当地开展工作，因此，数十年来二十四节气深深地铭刻在他的脑海里，并且他能主动观察学习各地节气和物候之间的差异，如数家珍地说出什么地方在什么节候种植何种作物，他这样切入工作，就能适时地把政府导向和季节气候各种因素统一起来，提升工作指导的正确性。长期形成的习惯，使他对二十四节气产生了特殊的情感。近年他试图用诗歌的形式来抒发对二十四节气的各种感受，每个节气赋诗一首。现已把各个节气的诗歌都写了出来，并用书法的形式加以表现，这也堪称一个独具特色的文化工程。我们在浩如烟海的中国诗歌里，可以找出诗人们对各个节候的诗歌表达，且是各领风骚，各擅胜场，给读者留下了极为深刻的感受。像杜牧的《清明》，我们不知读过了多少遍，都给我们一次深于一次的审美感受。我们细味诗人们的立意，又都各不相同，意境迥然。学敏先生并不是在某个季节写所处的情境，他的目的是明白而一致的，就是要通过这个特定的节候，写出比较广阔的空间特征，既符合自己认为的甲地的状态，也较生动地表达出乙地同一节候的情况，表现出来的境象又能得到读者最大的认同，在时序上要延续一个年度，在时间上，每个节气之间的跨度只有半个月，其间有差异，差异又不是十分明显，这和电视连续剧一样，每集的情节都要有变化，需要一种内在的关联，比起以往诗人们偶尔一挥不同，得用更大的心力去完成，既不同于历史上已有的表达，同时又得避免自己的相似性写作。所以学敏先生的工作是用诗歌贯通二十四节气，这是一个前人未曾做过的事情，二十四节气诗形成一个系列，还要像大观园里的女儿们一样生动，对作者更是一个挑战，学敏先生站在这样一个双重迭合的点上，经过探求取得了令人景仰的佳绩。

具有诗心的学敏先生，在长期的工作实践中，注意用心观察各个时空中的物候变化、人情状态，数十载这样的积累，和闭门造车者是不可同日而语的，当他秉笔抽思时，生活中的一幕幕情节就会像江河一样荡荡而来，素材取舍是多而精，剪裁巧妙是简而深。品学敏先生的诗，字里行间可以概括为一个“动”字，各种事物形象的运动，把一首诗轰动得生机勃勃。他笔下的田园，充满了“闹”意，而诗人却在“闹”中取“静”，笔舞龙蛇。赵学敏诗的语言特点是平实，不去选用一些华丽的辞藻，但造成的意境却清新活泼，生意十足，故诗人用字如遣将，将动自有十万兵随，于此可窥奥妙。

赵学敏先生先后三四年时间花力气写成二十四节气诗，不仅仅是以诗文形式描绘节气物候，而更重要的是用他长期锤炼的书法功底表现出这些诗文的意味来，这在诗书上无疑是一种创新。“诗言志”，把“诗意”表达在书法上，这在古人来说是司空见惯的。许多传世的经典佳作，如《兰亭序》、《祭侄稿》、《黄州寒食帖》等，都是书法和诗文俱佳的典范。所以，学敏先生的二十四节气诗书是试图恢复这种传统。我仔细观摩气势磅礴的二十四节气诗书展览，有二十四节气诗书写作的目的、意义和序言，有用楷书、行书、魏碑和草书写成不同风格的书法作品，有释文等。再仔细研究，作者采用的书体和格式，大都从表现诗的意境考虑，而且笔画结构尽量简洁准确，草书严格依照规范草法。还有一种书写款式，选择了简化字，其用意显而易见，是为了让大众易识易读易理解，同样诗文也明晰生动，可以朗朗上口，但都严格符合律诗韵规。观摩、赏读二十四节气诗书展览，可以说是一种赏心悦目的文化享受，诗中常有警句，也启迪我们对节气文化有新的认知。

赵学敏先生诗书我常有阅览，但二十四节气诗书同以往不同，不同的地方无论是诗或者书法，都采取了清新简约的手法，力求借书法的气韵、气势表现诗的意境、意味，应该说作者在这一点上进行了大胆探试。在书法技法上，没有墨守故技，大多率意而为，写得生涩老辣，笔画透出一些拙味，但运笔的超迈痛快都隐藏在字里行间，泛溢出满纸的活泼天真。如《大雪》一首，可能要在楷书的源头找些意蕴，把隶书的手法用楷书来加以叙说，笔触的生和熟在每个字里闪现，但还是熟掩过了生味，由此别具风神。又如《大暑》，又有了变化，甜圆中泛出生拙，笔道很是老到，暗中现出泰山金刚经的风神，却没有刻意把那种风神实现得活灵活现，仅仅是因为书家要在宏阔的书法素材中拣选表现材料，滞留于一帖或一个时代，都是无形的约束。看他的楷书，由于有长期写魏碑的功底，看似信手写来，实际有着丰富的内涵。《立秋》和《小寒》是介于行楷之间的一种风格表现，行笔的开张消除了文字结构的平淡，戛玉裂冰的力度贯注到了字里行间，从无奇处可以体感到书法真力的弥漫。二十四节气诗书中草书一路，学敏先生似乎将笔触收敛了一些，从狂草的世界里走回了许多，这可能是他从受众面的角度思考的缘故，度放到了小草到大草的节律段落，率性中总有不少收束，作为一个工程，经过反复追寻，立脚在完满的境地，使人体味再三，从中感受到书家在表现自己诗作时的心手双畅、情味盎然的意兴。

大寒习俗

1. 除旧饰新，准备年货

大寒虽然寒冷，但因为已近春天，所以不会像大雪到冬至期间那样酷寒。这时节，人们开始忙着除旧饰新、腌制年肴、准备年货和各种祭祀供品、扫尘洁物，因为中国人最重要的节日——春节就要到了。

2. 尾牙祭

大寒节气靠近农历年终岁尾，做尾牙也是一个重要的辞旧迎新习俗。做“牙”，是指每月农历初二、十六要拜土地公（福德正神），供桌上摆放各种供品，让土地公“打牙祭”。所谓二月二为头牙，以后每逢初二和十六都要做“牙”，到了农历十二月十六正好是尾牙。

3. 买芝麻秸

大寒时节的街上，还常有人争相购买芝麻秸，因为“芝麻开花节节高”。除夕夜，人们将芝麻秸洒在行走之外的路上，供孩童踩碎，谐音吉祥意“踩岁”，同时以“碎”、“岁”谐音寓意“岁岁平安”，求得新年好口彩。这也使得大寒驱凶迎祥的节日意味更加浓厚。

4. 祭灶：糖粘灶王嘴

大寒期间，农历腊月廿三为祭灶日，自然就少不了祭灶的习俗。传说，灶王爷是玉皇大帝派到百姓家中监察人们平时善恶的神，每年岁末回到天宫中向玉皇大帝奏报民情，让玉皇大帝定赏罚。因此，送灶时，人们在灶王像前的桌案上供放糖果、清水、料豆、秣草。祭灶时，还要把关东糖用火化开，涂抹在灶王爷嘴上，这样做的目的是为了不让灶王爷说坏话。

5. 数九

大寒节气正值“三九”严寒，北方民间有“画图数九”的习俗，图样有铜钱形、梅花形、文字形、葫芦形等多种，其中以“庭前垂柳珍重待春風”最为著名。这种描红帖共九字，每字九笔，从头九第一天开始起，逐日填廓，每天一笔，每填写完一字，便过一九，句成而九九八十一天尽。

大寒养生

大寒是农历年中的最后一个节气，亦是公认的进补好时节。大寒正是一个由冬到春的过渡时期，饮食起居应随之“转轨”。养生饮食宜减咸增苦以养心气，宜热食，防止损害脾胃阳气，但燥热之物不可多吃。

1. 安心养性，怡神敛气

心神旺盛，气机通畅，血脉顺和，全身四肢百骸才能温暖，方可抵御严冬酷寒的侵袭。因此在大寒时节，我们应安心养性，怡神敛气，保持心情舒畅，心境平和，使体内的气血和顺，不扰乱机体内闭藏的阳气，做到“正气存内，邪不可干”。

2. 注意御寒保暖

由于天气寒冷，上了年纪的人，一般都有肌肉萎缩和动作缓慢的现象，因此，选择宽大松软、穿脱方便的冬装很重要。而在内衣选择上，以吸湿性能好、透气性强、轻盈柔软、便于洗涤、穿着舒适的纯棉针织物为宜。

3. 早睡晚起，劳逸结合

大寒时节，在起居方面仍要顺应冬季闭藏的特性，为了避免寒风的侵袭，理应做到早睡晚起，劳逸结合，外出时也要根据自身情况添加保暖衣物。如果室内经常开暖气或空调，除了要经常开窗通风外，最好再通过使用空气加湿器等方法，提高空气中的湿度。

4. 多吃苦味助心阳

冬季为肾经旺盛之时，而肾主咸，心主苦。从医学五行理论来说，咸胜苦，肾水克心火。若咸味吃多了，就会使本来就偏亢的肾水更亢，从而使心阳的力量减弱，所以应多食些苦味的食物，以助心阳。因此冬天的饮食原则是减咸增苦，抵御肾水，滋养心气，以保心肾相交，阴阳平衡。

5. 进补到尾声

“过完大寒，正好一年。”此时自然界的阳气正处于从冬季的闭藏过渡到春季的升发中，人们的饮食也应顺应这一变化。冬季进补到这时需收尾，为了逐渐适应春季舒畅、升发、条达的季节特点，可适当吃些白菜、油菜、胡萝卜、菜花等味甘的蔬菜。

编著后记

遵照习近平主席弘扬中华传统文化的指示精神，我在参加二十四节气申遗工作中，编辑创作了《中华二十四节气诗书》，以此祝贺我国二十四节气申遗成功，宣传推广中华民族伟大的科学发明。

这本书不完全是我个人的创作，是学习吸收了《淮南子》、《月令七十二候集解》和《黄帝内经》等经典著作中关于二十四节气的精华，整理吸收了农林气象专家、著名诗人和书法家对我二十四节气诗书精彩的赏析，加上我从事农业农村工作和野生动植物保护工作时积累的经验知识，在此基础上，由博返约，创作成二十四首格律诗，写成书法作品，把二十四节气科学文学化了。

我非常尊敬创造二十四节气的先人和经典，非常尊敬农林气象专家、著名诗人和书法家，尊敬参加二十四节气申遗工作的同志，是他们给了我勇气，给了我知识启迪，使我坚持四五年时间完成了这本书。书中吸纳的专家学者的真知灼见，整理的著名诗人和书法家的精辟独到见解，系根据录音整理，我作了文字上的修改，未经本人审阅，如有错漏，谨致歉意，再版时改正。

由于我国地域辽阔，南北、东西跨度大，本书介绍二十四节气物候时，特别点出了南北与东西各自的特点。书中还专门标明了地球绕太阳转动的黄经度，这是先人发明二十四节气的科学依据！二十四节气诗书经过2018年一年在网络、报刊发表，成书已到年末，所以书中特附2019年月历，以供阅读时参考。

在《中华二十四节气诗书》付梓之际，向帮助成书的农林气象专家、著名诗人和书法家，向帮助在河南郑州、北京中国农业展览馆等地举办二十四节气诗书展览的朋友，向为本书出版发行辛勤劳动的同志，表示诚挚的敬意！

国家林业局

编著后记

遵照习近平主席弘扬中华传统文化的指示精神，我在参加二十四节气申遗工作中，编辑创作了《中華二十四节气诗书》，以此祝贺我国二十四节气申遗成功，宣传推广中華民族伟大的科学发明。

这本书不完全是我个人的創作，是学习吸收了《淮南子》、《月令七十二候集解》和《黄帝内经》等經典著作中关于二十四节气的精华，整理吸收了农林气象专家、著名诗人和书法家对我二十四节气诗书精彩的赏析，加上我从事农业农村工作和野生动植物保护工作时积累的经验知识，在此基础上，由博返约，創作成二十四首格律诗，写成书法作品，把二十四节气科学文学化了。

我非常尊敬創造二十四节气的先人和

1

国家林业局

经典，非常尊敬农林气象专家、著名诗人和书法家，尊敬参加二十四节气申遗工作的同志，是他们给了我勇气，给了我知识启迪，使我坚持四五年时间完成了这本书。书中吸纳的专家学者的真知灼见，整理的著名诗人和书法家的精辟独到见解，系根据录音整理，我作了文字上的修改，未经本人审阅，如有错漏，谨致歉意，再版时改正。

由于我国地域辽阔，南北、东西跨度大，本书介绍二十节气物候时，特别点出了南北与东西各自的特点。书中还专门标明了地球绕太阳转动的黄经度，这是先人发明二十四节气的科学依据！二十四节气诗书经过2018年一年在网络、报刊发表，成书已到年末，所以书中特附2019年月历，以供阅读时参考。

2

作者手迹2

国家林业局

在《中華二十四节气诗書》付梓之際，向帮助成書的农林气象专家、著名诗人和書法家，向帮助在河南郑州、北京中國农业展览馆等地举办二十四节气诗書展览的朋友，向为本書出版发行辛勤劳动的同志，表示诚挚的敬意！

3

作者手迹3

责任编辑：罗少强
装帧设计：黄桂敏

图书在版编目（CIP）数据

中华二十四节气诗书／赵学敏 编著.—
北京：人民出版社，2019.3
ISBN 978-7-01-020312-6

Ⅰ.①中… Ⅱ.①赵… Ⅲ.①诗集－中国－当代
Ⅳ.①I227

中国版本图书馆CIP数据核字（2019）第006737号

中华二十四节气诗书
ZHONGHUA ERSHISIJIEQI SHISHU
赵学敏 编著
人民出版社 出版发行
（100706 北京市东城区隆福寺街99号）
北京盛通印刷股份有限公司印刷 新华书店经销
2019年3月第1版 2019年3月北京第1次印刷
开本：710毫米×1000毫米 1/16 印张：17.5
字数：200千字 印数：0,001－3,000册
ISBN 978-7-01-020312-6 定价：148.00元
邮购地址 100706 北京市东城区隆福寺街99号
人民东方图书销售中心 电话：（010）65250042 65289539